STS

山田社

考試分數大躍進
累積實力
百萬考生見證
應考秘訣

3 4
5

根據日本國際交流基金考試相關概要

新制日檢
絕對合格

N3
N4 N5

單字全真模考

吉松由美、田中陽子、西村惠子、山田社日檢題庫小組 ◎合著

前言

一年兩次的新日檢戰場,您準備好了嗎?
無論是初上戰場的菜鳥還是沙場老兵,
只要有本書做為武器,從此無往不利!

針對新日檢,N3 ～ N5 的單字試題大集合!

最精準的考前猜題,無論考試怎麼出都不怕!

練就絕佳的寫題手感,合格證書手到擒來!

★ 師資致勝:

　　為掌握最新出題趨勢,本書係由多位長年於日本追蹤日檢題型的金牌教師,聯手策劃而成。並以完全符合新制日檢單字的考試方式設計,讓你彷彿置身考場。再加上一目了然的版面配置與內容編排,精心規劃出一套日檢合格的完美公式!「全真模擬試題」和「精闢解題」隨考隨解,就是要給您保證合格的實戰檢測!

★ 經驗致勝:

　　金牌教師群擁有多年策劃日檢書籍的經驗,並徹底分析了歷年的新舊日檢考題,完美地剖析新日檢的出題心理。發現摸透出題法則,才是日檢的搶分關鍵。例如:同音不同義的單字、容易混淆的漢字等。只要摸透出題者的心理,就能加快答題速度,並同時提高準確度。如此一來,合格證書也就輕鬆到手了!

★ 效率致勝:

　　本書將擬真試題部分獨立開來,並且完全仿造新日檢題目文本設計,寫題彷彿置身考場。翻譯與解析部分以「左頁題目、右頁解析」的方式呈現,讓您訂正時不必再東翻西找!最貼心的編排設計,達到最有效的解題節奏,就是大幅提升學習效率的關鍵!

★ 實力致勝：

　　答錯的題目還是不懂，又沒有老師可以問，怎麼辦？儘管放心！本書的每道試題都附有詳盡的分析解說，脈絡清晰，帶您一步一步突破關卡，並確實掌握考點、難點及易錯點，有了本書，就像是聘請了一位專業教師！無論是平時學習還是考前衝刺，怎麼讀都上手！

★ 高分致勝：

　　確實做完本書，然後認真分析、拾漏補缺、記錄難點，並重複複習。如此一來必定會對題型和解題技巧都爛熟於心。有了良好的準備，信心和運氣也就跟著來了。因此只要把本書的題型做透，任考題千變萬變，都高分不變！

目錄 contents

極めろ！
日本語能力試験

新制日檢！絕對合格 N3,N4,N5 單字全真模考三回 + 詳解

JAPANESE TESTING

答對：
／33題

第1回
<small>だい　かい</small>

言語知識（文字・語彙）

もんだい1　＿＿の　ことばは　ひらがなで　どう　かきますか。1・2・3・4から　いちばん　いい　ものを　ひとつ　えらんで　ください。

(れい)　<u>大きな</u>　さかなが　およいで　います。

　　1　おおきな　　　2　おきな　　　3　だいきな　　4　たいきな

(かいとうようし)　| (れい) | ● ② ③ ④ |

1　あれが　わたしの　<u>会社</u>です。

　　1　がいしゃ　　2　かいしや　　　3　ごうしゃ　　　4　かいしゃ

2　あなたの　きょうだいは　<u>何人</u>ですか。

　　1　なににん　　2　なんにん　　　3　なんめい　　　4　いくら

3　ことしの　なつは　<u>海</u>に　いきたいです。

　　1　やま　　　　2　うみ　　　　　3　かわ　　　　　4　もり

4　すこし　いえの　<u>外</u>で　まって　いて　ください。

　　1　そと　　　　2　なか　　　　　3　うち　　　　　4　まえ

5　わたしの　すきな　じゅぎょうは　<u>音楽</u>です。

　　1　がっき　　　2　さんすう　　　3　おんがく　　　4　おんらく

6 わたしの いえは えきから 近いです。

1 とおい 　　 2 ながい 　　 3 みじかい 　　 4 ちかい

7 そらに きれいな 月が でて います。

1 つき 　　 2 くも 　　 3 ほし 　　 4 ひ

8 あねは ちかくの 町に すんで います。

1 むら 　　 2 もり 　　 3 まち 　　 4 はたけ

9 午後は さんぽに いきます。

1 ごぜん 　　 2 ごご 　　 3 ゆうがた 　　 4 あした

10 わたしの 兄も にほんごを べんきょうして います。

1 あね 　　 2 ちち 　　 3 おとうと 　　 4 あに

もんだい2 ＿＿の ことばは どう かきますか。1・2・3・4から いちばん いい ものを ひとつ えらんで ください。

(れい) わたしは あおい はなが すきです。

　　1　草　　　　　2　花　　　　　3　化　　　　　4　芸

　　(かいとうようし)　| (れい) | ① ● ③ ④ |

11　きょうも ぷうるで およぎました。
　　1　プール　　　2　ブルー　　　3　プオル　　　4　ブール

12　かさを わすれたので、こまりました。
　　1　国りました　2　困りました　3　因りました　4　回りました

13　けさは とても さむいですね。
　　1　景いです　　2　暑いです　　3　者いです　　4　寒いです

14　おかねは たいせつに つかいましょう。
　　1　お全　　　　2　お金　　　　3　お会　　　　4　お円

15　この かどを みぎに まがると としょかんです。
　　1　北　　　　　2　左　　　　　3　右　　　　　4　式

16　しろい はなが さいて います。
　　1　白い　　　　2　日い　　　　3　百い　　　　4　色い

17　きょうは がっこうを やすみます。
　　1　体みます　　2　休みます　　3　木みます　　4　休みます

18　とりが ないて います。
　　1　島いて　　　2　鳴いて　　　3　鳥いて　　　4　鳴いて

もんだい3 （　　　）に なにを いれますか。1・2・3・4から
いちばん いい ものを ひとつ えらんで ください。

（れい） へやの なかに くろい ねこが （　　　）。

　　1 あります　　　2 なきます　　3 います　　　4 かいます

（かいとうようし）　| （れい） | ① ② ● ④ |

---

19 くつの みせは この （　　　）の 2かいです。

　1 マンション　2 アパート　　　3 ベッド　　　　4 デパート

20 つかれたので、ここで ちょっと （　　　）。

　1 いそぎましょう　　　　　　2 やすみましょう

　3 ならべましょう　　　　　　4 あいましょう

21 ごごから あめに なりましたので、ともだちに かさを （　　　）。

　1 ぬれました　2 かりません　3 さしました　4 かりました

22 そらが くもって、へやの なかが （　　　） なりました。

　1 くらく　　　2 あかるく　　3 きたなく　　4 せまく

23 なつやすみに ほんを 五（　　　） よみました。

　1 ほん　　　　2 まい　　　3 さつ　　　　4 こ

24 これは きょねん うみで （　　　） しゃしんです。

　1 つけた　　　2 とった　　3 けした　　4 かいた

25 あついので まどを （　　　） ください。

　1 あけて　　　2 けして　　　3 しめて　　　4 つけて

26 うるさいですね。みなさん、すこし　（　　　　）　して　ください。
　　1　げんきに　　2　くらく　　　　3　しずかに　　4　あかるく

27 はこの　なかに　おかしが　（　　）　はいって　います。
　　1　よっつ
　　2　ななつ
　　3　やっつ
　　4　みっつ

28 かばんは　まるい　いすの　（　　　）に　あります。
　　1　した
　　2　よこ
　　3　まえ
　　4　うえ

もんだい４　＿＿の　ぶんと　だいたい　おなじ　いみの　ぶんが
　　　　　あります。１・２・３・４から　いちばん　いい　ものを
　　　　　ひとつ　えらんで　ください。

(れい)　その　えいがは　つまらなかったです。

　１　その　えいがは　おもしろく　なかったです。

　２　その　えいがは　たのしかったです。

　３　その　えいがは　おもしろかったです。

　４　その　えいがは　しずかでした。

（かいとうようし）　(れい)　│　● ② ③ ④

29　まいあさ　こうえんを　さんぽします。

　１　けさ　こうえんを　さんぽしました。

　２　あさは　いつも　こうえんを　さんぽします。

　３　あさは　ときどき　こうえんを　さんぽします。

　４　あさと　よるは　こうえんを　さんぽします。

30　しろい　ドアが　いりぐちです。そこから　はいって　ください。

　１　いりぐちには　しろい　ドアが　あります。

　２　しろい　ドアから　はいると　そこが　いりぐちです。

　３　しろい　ドアから　はいって　ください。

　４　いりぐちの　しろい　ドアから　でて　ください。

31 この ふくは たかくなかったです。

1 この ふくは つまらなかったです。

2 この ふくは ひくかったです。

3 この ふくは とても たかかったです。

4 この ふくは やすかったです。

32 おととい まちで せんせいに あいました。

1 きのう まちで せんせいに あいました。

2 ふつかまえに まちで せんせいに あいました。

3 きょねん まちで せんせいに あいました。

4 おととし まちで せんせいに あいました。

33 トイレの ばしょを おしえて ください。

1 せっけんの ばしょを おしえて ください。

2 だいどころの ばしょを おしえて ください。

3 おてあらいの ばしょを おしえて ください。

4 しょくどうの ばしょを おしえて ください。

MEMO

答對：
／33題

第2回

言語知識（文字・語彙）

もんだい1　＿＿の　ことばは　ひらがなで　どう　かきますか。1・2・3・4
　　　　　から　いちばん　いい　ものを　ひとつ　えらんで　ください。

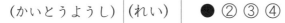

（れい）　大きな　さかなが　およいで　います。

　　　1　おおきな　　　2　おきな　　　3　だいきな　　　4　たいきな

（かいとうようし）｜（れい）｜　● ② ③ ④　｜

1　きょうしつは　とても　静かです。

　　1　たしか　　　2　おだやか　　　3　しずか　　　4　あたたか

2　えんぴつを　何本　かいましたか。

　　1　なにほん　　　2　なんぼん　　　3　なんほん　　　4　いくら

3　やおやで　くだものを　買って　かえります。

　　1　うって　　　2　かって　　　3　きって　　　4　まって

4　わたしには　弟が　ひとり　います。

　　1　おとうと　　　2　おとおと　　　3　いもうと　　　4　あね

5　わたしは　動物が　すきです。

　　1　しょくぶつ　2　すうがく　　　3　おんがく　　　4　どうぶつ

6 きょうは　よく　晴れて　います。

　1　くれて　　　2　かれて　　　3　はれて　　　4　たれて

7 よる　おそくまで　仕事を　しました。

　1　しごと　　　2　かじ　　　3　しゅくだい　4　しじ

8 2週間　まって　ください。

　1　にねんかん　　　　　　　2　にかげつかん

　3　ふつかかん　　　　　　　4　にしゅうかん

9 夕方　おもしろい　テレビを　見ました。

　1　ゆうかた　　2　ゆうがた　　3　ごご　　　　4　ゆうひ

10 父は　いま　りょこうちゅうです。

　1　はは　　　　2　あに　　　3　ちち　　　　4　おば

もんだい2 ___の ことばは どう かきますか。1・2・3・4から い
ちばん いい ものを ひとつ えらんで ください。

(れい) わたしは あおい はなが すきです。

　　　1　草　　　　　2　花　　　　　3　化　　　　　4　芸

(かいとうようし) | (れい) | ① ● ③ ④

11　ぽけっとから　ハンカチを　だしました。
　1　ボケット　　2　ポッケット　　3　ポケット　　　4　ホケット

12　ゆきが　ふりました。
　1　霏　　　　　2　雪　　　　　3　雨　　　　　4　雷

13　にしの　そらが　あかく　なって　います。
　1　東　　　　　2　北　　　　　3　四　　　　　4　西

14　あには　あさ　8時には　かいしゃに　行きます。
　1　会社　　　　2　合社　　　　3　回社　　　　4　会車

15　すこし　まって　ください。
　1　大し　　　　2　多し　　　　3　少し　　　　4　小し

16　あねは　とても　かわいい　人です。
　1　姉　　　　　2　兄　　　　　3　弟　　　　　4　妹

17　ひゃくえんで　なにを　かいますか。
　1　白円　　　　2　千円　　　　3　百冊　　　　4　百円

18　わたしは　ほんを　よむのが　すきです。
　1　木　　　　　2　本　　　　　3　末　　　　　4　未

もんだい3 （　　　）に　なにを　いれますか。1・2・3・4から　いちばん　いい　ものを　ひとつ　えらんで　ください。

（れい）　へやの　なかに　くろい　ねこが　（　　　）。

　　1　あります　　2　なきます　　　3　います　　　4　かいます

（かいとうようし）　| （れい）　| ① ② ● ④ |

19　5かいには　この　（　　　）で　行って　ください。

　　1　アパート　　2　デパート　　　3　カート　　　　4　エレベーター

20　きょうは　とても　かぜが　（　　　）　です。

　　1　ながい　　　2　つよい　　　　3　みじかい　　4　たかい

21　この　えは　だれが　（　　　）。

　　1　とりましたか　　　　　　　2　つくりましたか

　　3　かきましたか　　　　　　　4　さしましたか

22　ぎゅうにくは　すきですが、ぶたにくは　（　　　）。

　　1　きらいです　2　すきです　　3　たべます　　4　おいしいです

23　せんせいが　テストの　かみを　3（　　　）ずつ　わたしました。

　　1　ねん　　　　2　ぼん　　　　3　まい　　　　4　こ

24　くらいので　でんきを　（　　　）　ください。

　　1　ふいて　　　2　つけて　　　3　けして　　　4　おりて

25　（　　　）に　みずを　入れます。

　　1　コップ　　　2　ほん　　　　3　えんぴつ　　4　サラダ

26 あそこに （　　　） いるのは、なんと いう はなですか。

　1 ないて　　　2 とって　　　3 さいて　　　4 なって

27 いもうとは かぜを （　　　） ねて います。

　1 ひいて　　　2 ふいて　　　3 きいて　　　4 かかって

28 ことし、みかんの 木に はじめて みかんが （　　　）
　なりました。

　1 よっつ

　2 いつつ

　3 むっつ

　4 ななつ

もんだい4 ＿＿の ぶんと だいたい おなじ いみの ぶんが あ
　　　　ります。1・2・3・4から いちばん いい ものを
　　　　ひとつ えらんで ください。

（れい）　その　えいがは　つまらなかったです。

　　1　その　えいがは　おもしろく　なかったです。

　　2　その　えいがは　たのしかったです。

　　3　その　えいがは　おもしろかったです。

　　4　その　えいがは　しずかでした。

　　　（かいとうようし）　｜（れい）｜　● ② ③ ④　｜

29　まいにち　だいがくの　しょくどうで　ひるごはんを　たべます。

　　1　いつも　あさごはんは　だいがくの　しょくどうで　たべます。

　　2　いつも　ひるごはんは　だいがくの　しょくどうで　たべます。

　　3　いつも　ゆうごはんは　だいがくの　しょくどうで　たべます。

　　4　いつも　だいがくの　しょくどうで　しょくじを　します。

30　あなたの　いもうとは　いくつですか。

　　1　あなたの　いもうとは　どこに　いますか。

　　2　あなたの　いもうとは　なんねんせいですか。

　　3　あなたの　いもうとは　なんさいですか。

　　4　あなたの　いもうとは　かわいいですか。

31 あねは　からだが　つよく　ないです。

1　あねは　からだが　じょうぶです。

2　あねは　からだが　ほそいです。

3　あねは　からだが　かるいです。

4　あねは　からだが　よわいです。

32 1ねん　まえの　はる　にほんに　きました。

1　ことしの　はる　にほんに　きました。

2　きょねんの　はる　にほんに　きました。

3　2ねん　まえの　はる　にほんに　きました。

4　おととしの　はる　にほんに　きました。

33 この　ほんを　かりたいです。

1　この　ほんを　かって　ください。

2　この　ほんを　かりて　ください。

3　この　ほんを　かして　ください。

4　この　ほんを　かりて　います。

MEMO

答對：

／33題

第3回

言語知識（文字・語彙）

もんだい1 ＿＿の ことばは ひらがなで どう かきますか。1・2・3・4
から いちばん いい ものを ひとつ えらんで ください。

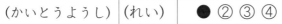

（れい） 大きな さかなが およいで います。

　　　1　おおきな　　2　おきな　　　3　だいきな　　　4　たいきな

（かいとうようし）　｜（れい）　｜　● ② ③ ④　｜

1　長い じかん ねました。

　1　みじかい　　2　ながい　　　3　ひろい　　　　4　くろい

2　あなたは くだものでは 何が すきですか。

　1　どれが　　　2　なにが　　　3　これが　　　　4　なんが

3　わたしは 自転車で だいがくに いきます。

　1　じどうしゃ　2　じてんしゃ　3　じてんしや　4　じでんしゃ

4　うちの ちかくに きれいな 川が あります。

　1　かわ　　　　2　かは　　　　3　やま　　　　　4　うみ

5　はこに おかしが 五つ はいって います。

　1　ごつ　　　　2　ごこ　　　　3　いつつ　　　　4　ごっつ

6 <u>出口</u>は　あちらです。
　1　でるくち　　2　いりぐち　　3　でくち　　　4　でぐち

7 <u>大人</u>に　なったら、いろいろな　くにに　いきたいです。
　1　おとな　　　2　おおひと　　3　たいじん　　4　せいじん

8 こたえは　<u>全部</u>　わかりました。
　1　ぜんぶ　　　2　ぜんたい　　3　ぜいいん　　4　ぜんいん

9 <u>暑い</u>　まいにちですが、おげんきですか。
　1　さむい　　　2　あつい　　　3　つめたい　　4　こわい

10 <u>今月</u>は　ほんを　３さつ　かいました。
　1　きょう　　　2　ことし　　　3　こんげつ　　4　らいげつ

N5

Check　□1　□2　□3

23

もんだい2　＿＿の　ことばは　どう　かきますか。1・2・3・4から
　　　　　いちばん　いい　ものを　ひとつ　えらんで　ください。

(れい)　わたしは　あおい　はなが　すきです。

　　1　草　　　　　2　花　　　　　3　化　　　　　4　芸

　　(かいとうようし)　(れい)　｜　① ● ③ ④

11　わたしは　ちいさな　あぱーとの　2かいに　すんで　います。
　　1　アパート　　2　アパト　　　3　アパトー　　4　アパアト

12　ひとりで　かいものに　いきました。
　　1　二人　　　　2　一人　　　　3　一入　　　　4　日人

13　まいにち　おふろに　はいります。
　　1　毎目　　　　2　母見　　　　3　母日　　　　4　毎日

14　その　くすりは　ゆうはんの　あとに　のみます。
　　1　葉　　　　　2　薬　　　　　3　楽　　　　　4　草

15　ふゆに　なると　やまが　ゆきで　しろく　なります。
　　1　百く　　　　2　黒く　　　　3　白く　　　　4　自く

16　てを　あげて　こたえました。
　　1　手　　　　　2　牛　　　　　3　毛　　　　　4　未

17　ちちも　ははも　げんきです。
　　1　元木　　　　2　元本　　　　3　見気　　　　4　元気

18　ごごから　友だちと　えいがに　行きます。
　　1　五後　　　　2　午後　　　　3　後午　　　　4　五語

もんだい3　（　　　）に　なにを　いれますか。1・2・3・4から
　　　　　　いちばん　いい　ものを　ひとつ　えらんで　ください。

（れい）　へやの　なかに　くろい　ねこが　（　　　）。

　　　1　あります　　　2　なきます　　3　います　　　　4　かいます

（かいとうようし）　(れい)　　① ② ● ④

19　この　みせの　（　　　）は、とても　おいしいです。

　1　はさみ　　　2　えんぴつ　　　3　おもちゃ　　　4　パン

20　にくを　500（　　　）　かって、みんなで　たべました。

　1　クラブ　　　2　グラム　　　　3　グラス　　　4　リットル

21　ふうとうに　きってを　はって、（　　　）に　いれました。

　1　ドア　　　　2　げんかん　　3　ポスト　　　　4　はがき

22　あには　おんがくを　（　　　）　べんきょうします。

　1　ききながら　2　うちながら　3　あそびながら　4　ふきながら

23　おひるに　なったので、（　　　）を　たべました。

　1　さら　　　　2　ゆうはん　　3　おべんとう　4　テーブル

24　また　（　　　）の　にちようびに　あいましょう。

　1　らいねん　　2　きょねん　　3　きのう　　　　4　らいしゅう

25　この　（　　　）は　とても　あついです。

　1　おちゃ　　　2　みず　　　3　ネクタイ　　4　えいが

26 かべに　ばらの　えが　（　　　）　います。

1　かけて　　　2　さがって　　　3　かかって　　　4　かざって

27 もんの　（　　　）で　子どもたちが　あそんで　います。

1　まえ

2　うえ

3　した

4　どこ

28 としょかんで　ほんを　（　　　）　かりました。

1　さんまい

2　さんぼん

3　みっつ

4　さんさつ

もんだい4 　＿＿の　ぶんと　だいたい　おなじ　いみの　ぶんが　あ
　　　　ります。1・2・3・4から　いちばん　いい　ものを
　　　　ひとつ　えらんで　ください。

（れい）　その　えいがは　つまらなかったです。

　1　その　えいがは　おもしろく　なかったです。

　2　その　えいがは　たのしかったです。

　3　その　えいがは　おもしろかったです。

　4　その　えいがは　しずかでした。

（かいとうようし）　（れい）　｜　● ② ③ ④

29　わたしの　だいがくは　すぐ　そこです。

　1　わたしの　だいがくは　すこし　とおいです。

　2　わたしの　だいがくは　すぐ　ちかくです。

　3　わたしの　だいがくは　かなり　とおいです。

　4　わたしの　だいがくは　この　さきです。

30　わたしは　まいばん　11　じに　やすみます。

　1　わたしは　あさは　ときどき　11　じに　ねます。

　2　わたしは　よるは　ときどき　11　じに　ねます。

　3　わたしは　よるは　いつも　11　じに　ねます。

　4　わたしは　あさは　いつも　11　じに　ねます。

31 スケートは　まだ　じょうずでは　ありません。

1　スケートは　やっと　じょうずに　なりました。

2　スケートは　まだ　すきに　なれません。

3　スケートは　また　へたに　なりました。

4　スケートは　まだ　へたです。

32 おととし　とうきょうで　あいましたね。

1　ことし　とうきょうで　あいましたね。

2　2ねんまえ　とうきょうで　あいましたね。

3　3ねんまえ　とうきょうで　あいましたね。

4　1ねんまえ　とうきょうで　あいましたね。

33 まだ　あかるい　ときに　いえを　でました。

1　くらく　なる　まえに　いえを　でました。

2　おくれないで　いえを　でました。

3　まだ　あかるいので　いえを　でました。

4　くらく　なったので　いえを　でました。

MEMO

翻譯與解題

◎問題1　以下詞語的平假名為何？請從選項1・2・3・4中選出一個最適合填入＿＿的答案。

□ **1** あれが　わたしの　<ruby>会社<rt>かいしゃ</rt></ruby>です。

1　がいしゃ　　　　　　　　2　かいしや

3　ごうしゃ　　　　　　　　4　かいしゃ

譯〉那是我的公司。
　　1　進口車　　　2　×　　　3　×　　　4　公司

□ **2** あなたの　きょうだいは　<ruby>何人<rt>なんにん</rt></ruby>ですか。

1　なににん　　　　　　　　2　なんにん

3　なんめい　　　　　　　　4　いくら

譯〉你有幾個兄弟姊妹？
　　1　×　　　2　幾個人　　3　幾位　　4　多少錢

□ **3** ことしの　なつは　<ruby>海<rt>うみ</rt></ruby>に　いきたいです。

1　やま　　　　　　　　　　2　うみ

3　かわ　　　　　　　　　　4　もり

譯〉今年夏天我想去海邊。
　　1　山　　　2　海　　　3　河　　　4　森林

□ **4** すこし　いえの　<ruby>外<rt>そと</rt></ruby>で　まって　いて　ください。

1　そと　　　　　　　　　　2　なか

3　うち　　　　　　　　　　4　まえ

譯〉請在門外稍等片刻。
　　1　外面　　　2　裡面　　　3　內部　　　4　前面

□ **5** わたしの　すきな　じゅぎょうは　<ruby>音楽<rt>おんがく</rt></ruby>です。

1　がっき　　　　　　　　　2　さんすう

3　おんがく　　　　　　　　4　おんらく

譯〉我喜歡的科目是音樂課。
　　1　樂器　　　2　算數　　　3　音樂　　　4　×

(解題)**1**　　　　　　　　　　　　　　　　　　答案**(4)**

会＝カイ／あ‐う。例句：友達と会う。（和朋友見面）

社＝シャ

※ 接在別的詞語後面則會產生音變，請多加注意。例句：

会社（かいしゃ）→旅行会社（りょこうがいしゃ）

(解題)**2**　　　　　　　　　　　　　　　　　　答案**(2)**

何＝カ／なに・なん。例句：何を買いますか。（你要買什麼？）、何語を
話しますか。（你用的是什麼語言？）、何の本ですか。（這是什麼書？）、
今日は何曜日ですか。（今天是星期幾？）

※ 如"何歳（幾歲）、何時（什麼時候）、何回（幾次）"等等需要數數時，
「何」念作「なん」。

人＝ジン・ニン／ひと。例如：

あの人（那個人）、アメリカ人（美國人）、５人（五位）

※ 特殊念法：一人（一位）、二人（兩位）

記下人數的念法吧！

一人（ひとり）、二人（ふたり）、三人（さんにん）、四人（よにん）、
五人（ごにん）、六人（ろくにん）、七人（しちにん／ななにん）、八人（は
ちにん）、九人（きゅうにん／くにん）、十人（じゅうにん）

(解題)**3**　　　　　　　　　　　　　　　　　　答案**(2)**

海＝カイ／うみ

選項１山。選項３川。選項４森。

(解題)**4**　　　　　　　　　　　　　　　　　　答案**(1)**

外＝ガイ・ゲ／そと・はず‐す・ほか。例如：

外国（外國）

選項２中。選項３内。選項４前。

※ いえの外（房子外）⇔いえの中（房子裡）

(解題)**5**　　　　　　　　　　　　　　　　　　答案**(3)**

音＝イン・オン／おと・ね。例如：

風の音（風聲）、音が大きいです。（聲音很大）

楽＝ガク・ラク／たの‐しい。例句：

学校は楽しいですか。（上學有趣嗎？）

□ **6** わたしの　いえは　えきから　<ruby>近<rt>ちか</rt></ruby>いです。

　　1　とおい　　　　　　　　　　　2　ながい

　　3　みじかい　　　　　　　　　　4　ちかい

　　譯〉我家距離車站很近。
　　　　1　遠　　　　　　　　　　　2　長
　　　　3　短　　　　　　　　　　　4　近

□ **7** そらに　きれいな　<ruby>月<rt>つき</rt></ruby>が　でて　います。

　　1　つき　　　　　　　　　　　　2　くも

　　3　ほし　　　　　　　　　　　　4　ひ

　　譯〉天空中有一輪皎潔的明月。
　　　　1　月亮　　　　　　　　　　2　雲
　　　　3　星星　　　　　　　　　　4　日

□ **8** あねは　ちかくの　<ruby>町<rt>まち</rt></ruby>に　すんで　います。

　　1　むら　　　　　　　　　　　　2　もり

　　3　まち　　　　　　　　　　　　4　はたけ

　　譯〉姐姐住在附近的城鎮。
　　　　1　村子　　　　　　　　　　2　森林
　　　　3　城鎮　　　　　　　　　　4　田

□ **9** <ruby>午後<rt>ごご</rt></ruby>は　さんぽに　いきます。

　　1　ごぜん　　　　　　　　　　　2　ごご

　　3　ゆうがた　　　　　　　　　　4　あした

　　譯〉我下午要去散步。
　　　　1　上午　　　　　　　　　　2　下午
　　　　3　黃昏　　　　　　　　　　4　明天

□ **10** わたしの　<ruby>兄<rt>あに</rt></ruby>も　にほんごを　べんきょうして　います。

　　1　あね　　　　　　　　　　　　2　ちち

　　3　おとうと　　　　　　　　　　4　あに

　　譯〉我哥哥也在學習日語。
　　　　1　姐姐　　　　2　父親　　　3　弟弟　　　4　哥哥

(解題)**6** (答案)**(4)**

近＝キン／ちか‐い

選項1遠い（遠）。選項2長い（長）。選項3短い（短）。

(解題)**7** (答案)**(1)**

月＝ゲツ・ガツ／つき。例如：

月曜日（星期一）、今月（這個月）、一か月（一個月）

四月一日（四月一日）、ひと月（一個月）

(解題)**8** (答案)**(3)**

町＝チョウ／まち

選項1村（村莊）。選項2森（森林）。選項4畑（旱田）。

(解題)**9** (答案)**(2)**

午＝ゴ

後＝ゴ／うし‐ろ・あと。例句：先生の後ろに並びます。（排在老師後面）

選項1午前（上午）。選項3夕方（傍晚）。選項4明日（明天）。

(解題)**10** (答案)**(4)**

兄＝キョウ・ケイ／あに。例句：兄弟はいますか。（你有兄弟姊妹嗎？）

選項1姉（姐姐）。選項2父（爸爸）。選項3弟（弟弟）。

※ 記下特殊念法吧！

父‐お父さん（爸爸）、母‐お母さん（媽媽）

兄‐お兄さん（哥哥）、姉‐お姉さん（姊姊）

※ 弟（弟弟）⇔妹（妹妹）

翻譯與解題

◎問題2　以下詞語應為何？請從選項1‧2‧3‧4中選出一個最適合填入＿＿＿的答案。

□ **11** きょうも　ぷうるで　およぎました。

1　プール　　　　　　　　2　プルー

3　プオル　　　　　　　　4　ブール

譯〉我今天也去游泳池游泳了。
1　游泳池　　　　　　2　×
3　×　　　　　　　　4　×

□ **12** かさを　わすれたので、こまりました。

1　国りました　　　　　　2　困りました

3　因りました　　　　　　4　回りました

譯〉我忘記帶雨傘，真傷腦筋。
1　×　　　　　　　　2　傷腦筋
3　×　　　　　　　　4　旋轉

□ **13** けさは　とても　さむいですね。

1　景いです　　　　　　　2　暑いです

3　者いです　　　　　　　4　寒いです

譯〉今天早上非常冷耶。
1　×　　　　　　　　2　熱
3　×　　　　　　　　4　冷

□ **14** おかねは　たいせつに　つかいましょう。

1　お全　　　　　　　　　2　お金

3　お会　　　　　　　　　4　お円

譯〉讓我們節約用錢吧！
1　×　　　　　　　　2　錢
3　×　　　　　　　　4　×

游泳池應寫為 "プール"。

解題 12　　　　　　　　　　　　　　　　　　　　　答案 (2)

困＝コン／こま‐る
選項1国（コク／くに）。選項3因（イン／よ‐る）。
選項4回（カイ／まわ‐る）

解題 13　　　　　　　　　　　　　　　　　　　　　答案 (4)

寒＝カン／さむ‐い
※　寒い（寒冷）⇔暑い（炎熱）

解題 14　　　　　　　　　　　　　　　　　　　　　答案 (2)

金＝キン・コン／かね・かな。例句：
金曜日（星期五）、お金があります。（有錢）
選項1全（ゼン／まった‐く、すべ‐て）。
選項3会（カイ／あ‐う）。
選項4円（エン／まる‐い）。

□ **15** この　かどを　みぎに　まがると　としょかんです。

1 北^{きた}

2 左^{ひだり}

3 右^{みぎ}

4 式^{しき}

譯〉在這個轉角右轉，就到圖書館了。

　　　1　北　　　　　　　　　2　左

　　　3　右　　　　　　　　　4　式

□ **16** しろい　はなが　さいて　います。

1 白^{しろ}い

2 日い

3 百い

4 色い

譯〉白色的花正綻放著。

　　　1　白色　　　　　　　2　✕

　　　3　✕　　　　　　　　4　✕

□ **17** きょうは　がっこうを　やすみます。

1 体みます

2 休みます

3 木みます

4 休^{やす}みます

譯〉我今天要向學校請假。

　　　1　✕　　　　　　　　2　✕

　　　3　✕　　　　　　　　4　請假

□ **18** とりが　ないて　います。

1 島いて

2 鳴^ないて

3 鳥いて

4 鳴いて

譯〉鳥正在鳴叫。

　　　1　✕　　　　　　　　2　叫

　　　3　✕　　　　　　　　4　✕

(解題)15　　　　　　　　　　　　　　　　　　**(答案) (3)**

右＝ウ、ユウ／みぎ

選項１北（ホク／きた）。選項２左（サ／ひだり）。選項４式（シキ）。

※ 也把"東（トウ／ひがし）、西（セイ／サイ／にし）、南（ナン／みなみ）"一起記下吧！

(解題)16　　　　　　　　　　　　　　　　　　**(答案) (1)**

白＝ハク、ビャク／しら、しろ、しろ‐い

選項３百（ヒャク／もも）。選項４色（ショク・シキ／いろ）。

(解題)17　　　　　　　　　　　　　　　　　　**(答案) (4)**

休＝キュウ／やす‐む。例句：

会社を休みます。（公司休假）

夏休み（暑假）

(解題)18　　　　　　　　　　　　　　　　　　**(答案) (2)**

鳴＝メイ／な‐く

※ 鳥或動物用「鳴く／鳴叫」、人用「泣く／哭泣」。

◎問題 3 （　　　　）中的詞語應為何？請從選項 1・2・3・4 中選出一個最適合填入（　　　）的答案。

□ **19** くつの　みせは　この　（　　　　）の　2 かいです。

　　1　マンション　　　　　　　　2　アパート

　　3　ベッド　　　　　　　　　　4　デパート

　　譯〉鞋店在這棟（　　　　）的二樓。
　　　　1　大樓　　　　2　公寓　　　3　床　　　4　百貨公司

□ **20** つかれたので、ここで　ちょっと　（　　　　）。

　　1　いそぎましょう　　　　　　　2　やすみましょう

　　3　ならべましょう　　　　　　　4　あいましょう

　　譯〉我累了，所以在這裡稍微（　　　）。
　　　　1　快點吧　　　　　　2　休息一下吧
　　　　3　排列吧　　　　　　4　見面吧

□ **21** ごごから　あめに　なりましたので、ともだちに　かさを　（　　　　）。

　　1　ぬれました　　　　　　　　　2　かりません

　　3　さしました　　　　　　　　　4　かりました

　　譯〉下午開始下起雨了，所以我跟朋友（　）雨傘。
　　　　1　淋到了　　　2　沒借　　　3　撐了　　　4　借了

□ **22** そらが　くもって、へやの　なかが　（　　　　）　なりました。

　　1　くらく　　　　　　　　　　　2　あかるく

　　3　きたなく　　　　　　　　　　4　せまく

　　譯〉天空陰沉了下來，房裡也變得（　　　）了。
　　　　1　昏暗　　　2　明亮　　　3　骯髒　　　4　狹窄

□ **23** なつやすみに　ほんを　五（　　　　）　よみました。

　　1　ほん　　　　　　　　　　　　2　まい

　　3　さつ　　　　　　　　　　　　4　こ

　　譯〉暑假我看了五（　　　　）書。
　　　　1　本　　　2　張　　　3　冊　　　4　個

從「くつの店／鞋店」、「2階／二樓」可知，「デパート」是正確答案。

選項1マンション（華廈）和選項2アパート（公寓），皆指人住的地方。

解題**20** 答案 **(2)**

「ので」表示原因、理由。接在「疲れたので／因為累了」之後的應是「休みましょう／我們休息吧」。

選項1用在趕時間時。

選項3用在排列桌椅等物品時。

選項4用在約定見面時。

解題**21** 答案 **(4)**

因為下雨了，所以（我）向朋友借了傘。（本題的「我」被省略了。）

選項1如果是「雨になりましたので、（わたしは）ぬれました／因為下雨了，所以（我）淋濕了」則正確。但因為題目中有「ともだちに／向朋友」所以不正確。

選項2「かりません／不借」與文意不符。

選項3如果是「雨になりましたので、（わたしは）かさをさしました／因為下雨了，所以（我）撐傘」則正確。

解題**22** 答案 **(1)**

接在「空が曇って／天空陰沉了下來」之後的應為「暗くなりました／變得昏暗了」。

選項2天空放晴→（變得）明亮。選項3汚く（變髒）。選項4狭く（變窄）。

解題**23** 答案 **(3)**

書的數量用「～冊」來算。

※ 記下這些物品的量詞吧！

書、雑誌：～冊（本）

明信片、ＣＤ：～枚（張）

鉛筆、刀子：～本（支）

柑橘、香皂：～こ、～つ（顆／個）

車、電腦：～台（台）

□ **24** これは　きょねん　うみで　（　　　）　しゃしんです。

　　1　つけた　　　　　　　　　　2　とった

　　3　けした　　　　　　　　　　4　かいた

　　譯 這是去年在海邊（　　　　）的照片。
　　　　1　貼　　　　　　　　　　2　拍
　　　　3　刪　　　　　　　　　　4　寫

□ **25** あついので　まどを　　（　　　）　ください。

　　1　あけて　　　　　　　　　　2　けして

　　3　しめて　　　　　　　　　　4　つけて

　　譯 太熱了，請把窗戶（　　　）。
　　　　1　打開　　　　　　　　　　2　熄滅
　　　　3　關上　　　　　　　　　　4　點上

□ **26** うるさいですね。みなさん、すこし　（　　　）　して　ください。

　　1　げんきに　　　　　　　　　　2　くらく

　　3　しずかに　　　　　　　　　　4　あかるく

　　譯 好吵哦，各位同學，請（　　　）一點。
　　　　1　有精神　　　　　　　　　2　昏暗
　　　　3　安靜　　　　　　　　　　4　開朗

□ **27** はこの　なかに　おかしが　（　　　）　はいって　います。

　　1　よっつ　　　　　　　　　　2　ななつ

　　3　やっつ　　　　　　　　　　4　みっつ

　　譯 箱子裡有（　　　）餅乾。
　　　　1　四個　　　　　　　　　　2　七個
　　　　3　八個　　　　　　　　　　4　三個

□ **28** かばんは　まるい　いすの　（　　　）に　あります。

　　1　した　　　　　　　　　　2　よこ

　　3　まえ　　　　　　　　　　4　うえ

　　譯 包包在圓椅（　　　）。
　　　　1　下面　　　　2　旁邊　　　　3　前面　　　　4　上面

(解題)**24**　　　　　　　　　　　　　　　　　　　　(答案)(2)

　　答案是「写真を撮ります／拍照」。
　　選項1「（電気を）つけます／打開（電燈）」。
　　選項3「（電気を）消します／關掉（電燈）」。
　　選項4「（名前を）書きます／寫上（名字）」。

(解題)**25**　　　　　　　　　　　　　　　　　　　　(答案)(1)

　　表示原因和理由。接在「暑いので／因為很熱」之後的應是「窓を開けてく
　　ださい／請把窗戶打開」。

(解題)**26**　　　　　　　　　　　　　　　　　　　　(答案)(3)

　　吵鬧⇔安靜
　　※「うるさい／吵鬧」是指聲音很大，有負面的意思。雖然「にぎやかな／
　　熱鬧」也是「静かな／安靜」的反意詞，但這帶有正面的意思。例句：
　　隣の部屋がうるさくて困ります。（隔壁房間的人太吵了，造成我的困擾）。
　　休みの日は町がにぎやかになります。（假日的鎮上非常熱鬧）
　　選項1元気に（有精神）。選項2暗く（黑暗）。選項4明るく（明亮）。

(解題)**27**　　　　　　　　　　　　　　　　　　　　(答案)(1)

　　※ 把計算「～つ／個」的念法記下吧！
　　ひとつ（一個）、ふたつ（兩個）、みっつ（三個）、よっつ（四個）、
　　いつつ（五個）、むっつ（六個）、ななつ（七個）、やっつ（八個）、
　　ここのつ（九個）、とお（十個）

(解題)**28**　　　　　　　　　　　　　　　　　　　　(答案)(4)

　　題目是在圓形的椅子上。
　　選項1下（下方）。選項2横（旁邊）。選項3前（前面）。

◎問題 4　選項中有和＿＿意思相近的句子。請從選項１・２・３・４中選出一個
　　　　最適合的答案。

□ **29** まいあさ　こうえんを　さんぽします。

　　　1　けさ　こうえんを　さんぽしました。

　　　2　あさは　いつも　こうえんを　さんぽします。

　　　3　あさは　ときどき　こうえんを　さんぽします。

　　　4　あさと　よるは　こうえんを　さんぽします。

　　譯〉每天早上我都會去公園散步。
　　　　1　今天早上我去公園散步了。
　　　　2　早上我總是去公園散步。
　　　　3　早上我偶而會去公園散步。
　　　　4　早上跟晚上我都會去公園散步。

□ **30** しろい　ドアが　いりぐちです。そこから　はいって　ください。

　　　1　いりぐちには　しろい　ドアが　あります。

　　　2　しろい　ドアから　はいると　そこが　いりぐちです。

　　　3　しろい　ドアから　はいって　ください。

　　　4　いりぐちの　しろい　ドアから　でて　ください。

　　譯〉白色的門是入口。請從那裡進入。
　　　　1　入口有扇白色的門。
　　　　2　進了白色的門之後，就到入口了。
　　　　3　請從白色的門進入。
　　　　4　請從入口的白色門出去。

□ **31** この　ふくは　たかくなかったです。

　　　1　この　ふくは　つまらなかったです。

　　　2　この　ふくは　ひくかったです。

　　　3　この　ふくは　とても　たかかったです。

　　　4　この　ふくは　やすかったです。

　　譯〉這件衣服（買的時候）並不貴。
　　　　1　這件衣服（買的時候）很無聊。
　　　　2　這件衣服（買的時候）很低。
　　　　3　這件衣服（買的時候）非常貴。
　　　　4　這件衣服（買的時候）很便宜。

解題29

毎朝（每天早上）＝毎日の朝（每天的早上）＝朝はいつも（早上總是）

選項1今朝（今天早上）＝今日の朝（今天的早上）

選項2朝は時々（早上常常）≠毎朝（每天早上）

選項4朝と夜は（早上和晚上）≠毎朝（每天早上）

解題30

答案 (3)

題目中「そこから／從那裡」的「そこ／那裡」是指「白いドア／白色的門」。選項2的意思是「白いドアから入ってください。そこ（入ったところ）に入り口があります／請由白色的門進入。那裡（要進入的地方）就是入口」和題目文意不符。

解題31

答案 (4)

談論到價格（多少）時，「高い／昂貴」的相反詞是「安い／便宜」。若是指身材很高的「高い／高」，相反詞則是「低い／矮」。例如：

高い山（高山）、低い山（矮山）

※ 記下形容詞的活用形吧！

高いです（高）- 高くないです（不高）。

高かったです（以前很高）- 高くなかったです（以前不高）。

□ **32** おととい　まちで　せんせいに　あいました。

　　　1　きのう　まちで　せんせいに　あいました。

　　　2　ふつかまえに　まちで　せんせいに　あいました。

　　　3　きょねん　まちで　せんせいに　あいました。

　　　4　おととし　まちで　せんせいに　あいました。

　　譯　前天我在街上遇到老師了。
　　　　1　昨天我在街上遇到老師了。
　　　　2　兩天前我在街上遇到老師了。
　　　　3　去年我在街上遇到老師了。
　　　　4　前年我在街上遇到老師了。

□ **33** トイレの　ばしょを　おしえて　ください。

　　　1　せっけんの　ばしょを　おしえて　ください。

　　　2　だいどころの　ばしょを　おしえて　ください。

　　　3　おてあらいの　ばしょを　おしえて　ください。

　　　4　しょくどうの　ばしょを　おしえて　ください。

　　譯　請告訴我廁所的位置。
　　　　1　請告訴我香皂的位置。
　　　　2　請告訴我廚房的位置。
　　　　3　請告訴我洗手間的位置。
　　　　4　請告訴我食堂的位置。

解題**32** 答案 **(2)**

「おととい／前天」是「二日前／兩天前」的意思。

把表示時間的方式記下來吧！

おととい（前天）－きのう（昨天）－今日（今天）－明日（明天）－
あさって（後天）

おととし（前年）－去年（去年）－今年（今年）－来年（明年）－
さ来年（後年）

※「～日前／～天前」的念法是「いちにち前／一天前」（請注意並不是「ついたち前」）。

其他「天前」的説法如下：「ふつか前／兩天前」、「みっか前／三天前」、
「とおか前／十天前」。

解題**33** 答案 **(3)**

「トイレ／廁所」和「お手洗い／洗手間」意思相同。

◎問題1　以下詞語的平假名為何？請從選項1・2・3・4中選出一個最適合填入＿＿＿的答案。

□ **1** きょうしつは　とても　静かです。

1　たしか　　　　　　　　　2　おだやか

3　しずか　　　　　　　　　4　あたたか

譯〉教室裡非常安靜。
　　1　的確　　　　　　　　2　安穩
　　3　安靜　　　　　　　　4　溫暖

□ **2** えんぴつを　何本　かいましたか。

1　なにほん　　　　　　　　2　なんぼん

3　なんほん　　　　　　　　4　いくら

譯〉你買了幾支鉛筆？
　　1　×　　　　　　　　　2　幾支
　　3　幾支　　　　　　　　4　多少錢

□ **3** やおやで　くだものを　買って　かえります。

1　うって　　　　　　　　　2　かって

3　きって　　　　　　　　　4　まって

譯〉我在蔬果店買了水果回家。
　　1　賣　　　　　　　　　2　買
　　3　切　　　　　　　　　4　等

□ **4** わたしには　弟が　ひとり　います。

1　おとうと　　　　　　　　2　おとおと

3　いもうと　　　　　　　　4　あね

譯〉我有一個弟弟。
　　1　弟弟　　　　　　　　2　×
　　3　妹妹　　　　　　　　4　姐姐

(解題)**1**　　　　　　　　　　　　　　　　　　　　　　　（答案）**(3)**

静＝セイ・ジョウ／しず - か。例如：

静かな海（平靜的海）、静かにしてください。（請安靜）

選項4「温かい／溫暖⇔冷たい／冷淡」或「暖かい／暖和⇔寒い／寒冷」

(解題)**2**　　　　　　　　　　　　　　　　　　　　　　　（答案）**(2)**

何＝カ／なに・なん。例句：

何を食べますか。（要吃什麼？）、何料理が好きですか（你喜歡什麼料理？）

何時ですか。（幾點？）、ＮＴＴは何の会社ですか。（ＮＴＴ是什麼公司？）

※ 像是"何歳（幾歲）、何時（什麼時候）、何回（幾次）"等，詢問數目時「何」念作「なん」。

本＝ホン。例句：

本を読みます（讀書）、日本／日本（日本）、本当ですか（真的嗎）

※ 特殊念法：山本さん（山本先生）

※ 把「本／支、條、只、卷、棵、根、瓶」這個量詞的念法記下來吧！

一本（いっぽん）、二本（にほん）、三本（さんぼん）、四本（よんほん）、五本（ごほん）、六本（ろっぽん）、七本（ななほん）、八本（はっぽん）、九本（きゅうほん）、十本（じゅっぽん）

(解題)**3**　　　　　　　　　　　　　　　　　　　　　　　（答案）**(2)**

買＝バイ／か - う。例如：

買い物（買東西）

選項1賣。選項3切。選項4等。

(解題)**4**　　　　　　　　　　　　　　　　　　　　　　　（答案）**(1)**

弟＝ダイ・テイ・デ／おとうと。例句：

兄弟がいます。（有兄弟姊妹）

※ 兄⇔弟、姉⇔妹

□ 5 わたしは 動物が すきです。

1 しょくぶつ　　　　　　　　2 すうがく

3 おんがく　　　　　　　　　4 どうぶつ

譯〉我很喜歡動物。
　　1 植物　　　　　　　　　2 數學
　　3 音樂　　　　　　　　　4 動物

□ 6 きょうは よく 晴れて います。

1 くれて　　　　　　　　　　2 かれて

3 はれて　　　　　　　　　　4 たれて

譯〉今天天氣晴朗。
　　1 昏暗　　　　　　　　　2 洞謝
　　3 晴朗　　　　　　　　　4 低垂

□ 7 よる おそくまで 仕事を しました。

1 しごと　　　　　　　　　　2 かじ

3 しゅくだい　　　　　　　　4 しじ

譯〉我工作到深夜。
　　1 工作　　　　　　　　　2 家事
　　3 作業　　　　　　　　　4 指示

□ 8 2週間 まって ください。

1 にねんかん　　　　　　　　2 にかげつかん

3 ふつかかん　　　　　　　　4 にしゅうかん

譯〉請等候兩個星期。
　　1 兩年　　　　　　　　　2 兩個月
　　3 兩天　　　　　　　　　4 兩個星期

(解題)**5**　　　　　　　　　　　　　　　　　　　　　(答案)**(4)**

動＝ドウ／うご‐く。例如：
自動車（汽車）
時計が動く（時鐘在走）
物＝ブツ・モツ／もの。例如：
荷物（行李）
建物（建築物）
食べ物（食物）
選項１植物。選項２數學。選項３音樂。

(解題)**6**　　　　　　　　　　　　　　　　　　　　　(答案)**(3)**

晴＝セイ／は‐れる。例句：
明日の天気は晴れです。（明天是好天氣）＜名詞＞

(解題)**7**　　　　　　　　　　　　　　　　　　　　　(答案)**(1)**

仕＝シ・ジ／つか‐える
事＝ジ／こと
※ 因為「事」前面接「仕」，所以念法從「こと」轉變為「ごと」。例如：
紙（かみ／紙）→手紙（てがみ／信紙）
選項２家事。選項３作業。選項４私事。

(解題)**8**　　　　　　　　　　　　　　　　　　　　　(答案)**(4)**

週＝シュウ
間＝カン・ケン・ゲン／あいだ・ま。例如：
時間（時間）
本屋と銀行の間（書店和銀行之間）
選項１兩年內。選項２兩個月內。選項３兩天內。

□ 9 <ruby>夕方<rt>ゆうがた</rt></ruby>　おもしろい　テレビを　<ruby>見<rt>み</rt></ruby>ました。

1　ゆうかた　　　　　　　　　2　ゆうがた

3　ごご　　　　　　　　　　　4　ゆうひ

譯▷ 傍晚時看了很有趣的節目。
　　1　×　　　　　　　　　　2　傍晚
　　3　下午　　　　　　　　　4　夕陽

□ 10 <ruby>父<rt>ちち</rt></ruby>は　いま　りょこうちゅうです。

1　はは　　　　　　　　　　　2　あに

3　ちち　　　　　　　　　　　4　おば

譯▷ 爸爸現在正在旅行。
　　1　媽媽　　　　　　　　　2　哥哥
　　3　爸爸　　　　　　　　　4　姑姑

解題**9**　　　　　　　　　　　　　　　　　　　　答案 (2)

夕＝セキ／ゆう

方＝ホウ／かた。例句：

あの方はどなたですか。（那一位是誰？）

東の方（東方）

※ 把表示時間的詞語記下來吧！

朝（あさ／早上）、昼（ひる／白天、中午）、夕方（ゆうがた／傍晚）

夜（よる／晚上）、午前（ごぜん／上午）、午後（ごご／下午）

解題**10**　　　　　　　　　　　　　　　　　　　　答案 (3)

父＝フ／ちち。例句：

祖父（爺爺）

※ 特殊念法：お父さん（爸爸）

※ 把表示家人的説法記下來吧！

父 - お父さん（爸爸）、母 - お母さん（媽媽）

兄 - お兄さん（哥哥）、姉 - お姉さん（姊姊）

◎問題 2　以下詞語應為何？請從選項 1・2・3・4中選出一個最適合填入＿＿＿的答案。

□ **11** ぽけっとから　ハンカチを　だしました。

1　ポケット　　　　　　　　2　ポッケット

3　ポケット　　　　　　　　4　ホケット

譯〉從口袋裡拿出手帕。
　　1　×　　　　　　　　　2　×
　　3　口袋　　　　　　　　4　×

□ **12** ゆきが　ふりました。

1　雹　　　　　　　　　　　2　雪 (ゆき)
3　雨 (あめ)　　　　　　　4　雷 (かみなり)

譯〉下雪了。
　　1　×　　　　　　　　　2　雪
　　3　雨　　　　　　　　　4　雷

□ **13** にしの　そらが　あかく　なって　います。

1　東 (ひがし)　　　　　　2　北 (きた)
3　四 (よん)　　　　　　　4　西 (にし)

譯〉西邊的天空逐漸紅了。
　　1　東　　　　　　　　　2　北
　　3　四　　　　　　　　　4　西

□ **14** あには　あさ　8時には　かいしゃに　行きます。 (じ) (い)

1　会社 (かいしゃ)　　　　2　合社
3　回社　　　　　　　　　4　会車

譯〉哥哥早上八點要去公司。
　　1　公司　　　　　　　　2　×
　　3　×　　　　　　　　　4　×

(解題)**11**　　　　　　　　　　　　　　　　　　　　　　　　答案(3)

口袋的寫法應為"ポケット"。

(解題)**12**　　　　　　　　　　　　　　　　　　　　　　　　答案(2)

雪＝セツ／ゆき

選項3雨（ウ／あめ・あま）。選項4雷。

(解題)**13**　　　　　　　　　　　　　　　　　　　　　　　　答案(4)

西＝セイ・サイ／にし

選項1東（トウ／ひがし）。選項2北（ホク／きた）。

選項3四（シ／よ・よん・よっ‐つ）。

※把"南（ナン／みなみ）"也一起記下吧！

(解題)**14**　　　　　　　　　　　　　　　　　　　　　　　　答案(1)

会＝カイ／あ‐う。例句：

友達と会う。（和朋友見面）

社＝シャ

□ **15** <u>すこし</u> まって ください。

　　1　大し　　　　　　　　　　　2　多し
　　3　少し　　　　　　　　　　　4　小し

> 譯〉請稍等片刻。
> 　　1　×　　　　　　　　　　　2　×
> 　　3　少　　　　　　　　　　　4　×

□ **16** <u>あねは</u> とても かわいい 人です。

　　1　姉　　　　　　　　　　　　2　兄
　　3　弟　　　　　　　　　　　　4　妹

> 譯〉姐姐是個非常可愛的人。
> 　　1　姐姐　　　　　　　　　　2　哥哥
> 　　3　弟弟　　　　　　　　　　4　妹妹

□ **17** <u>ひゃくえんで</u> なにを かいますか。

　　1　白円　　　　　　　　　　　2　千円
　　3　百冊　　　　　　　　　　　4　百円

> 譯〉你要用 100 圓買什麼？
> 　　1　×　　　　　　　　　　　2　一千圓
> 　　3　一百冊　　　　　　　　　4　一百圓

□ **18** わたしは <u>ほんを</u> よむのが すきです。

　　1　木　　　　　　　　　　　　2　本
　　3　末　　　　　　　　　　　　4　未

> 譯〉我喜歡閱讀書籍。
> 　　1　木　　　　　　　　　　　2　本
> 　　3　末　　　　　　　　　　　4　×

解題**15**　　　　　　　　　　　　　　　　　　　　答案 **(3)**

少＝ショウ／すく‐ない・すこ‐し。例句：

今年は雨が少ないです。（今年的雨量很少）

漢字が少し読めます。（稍微懂一點漢字）

※ 少ない（少）＜形容詞＞⇔多い（多）

少し（少許）＜副詞＞≒ちょっと（一點）

解題**16**　　　　　　　　　　　　　　　　　　　　答案 **(1)**

選項４妹（マイ／いもうと）

姉（姊姊）＝シ／あね

選項２兄（キョウ・ケイ／あに）。選項３弟（ダイ・テイ・デ／おとうと）

選項４妹（マイ／いもうと）。

※ 特殊念法：

お姉さん（姊姊）、お兄さん（哥哥）

解題**17**　　　　　　　　　　　　　　　　　　　　答案 **(4)**

百＝ヒャク

特殊念法：八百屋（やおや／蔬果店）

円（日圓）＝エン

※ 把數字的位數記下吧！

十（じゅう／十）、百（ひゃく／百）、千（せん／千）、万まん／萬）

※ 記下「〜百」的念法吧！

二百（にひゃく）、三百（さんびゃく）、四百（よんひゃく）、五百（ご
ひゃく）、六百（ろっぴゃく）、七百（ななひゃく）、八百（はっぴゃく）、
九百（きゅうひゃく）

解題**18**　　　　　　　　　　　　　　　　　　　　答案 **(2)**

本＝ホン。例句：

本を読みます（讀書）、日本／日本（日本）、本当ですか（真的嗎）

※ 特殊念法：山本さん（山本先生）

※ 把書的數量詞「本／支、條、只、卷、棵、根、瓶」的念法記下來吧！

一本（いっぽん）、二本（にほん）、三本（さんぼん）、四本（よんほん）、
五本（ごほん）、六本（ろっぽん）、七本（ななほん）、八本（はっぽん）、
九本（きゅうほん）、十本（じゅっぽん）

翻譯與解題

◎問題3 （　　　）中的詞語應為何？請從選項1・2・3・4中選出一個最適合填入（　　　）的答案。

□ **19** 5かいには　この　（　　　）で　行って　ください。

1　アパート　　　　　　　　2　デパート

3　カート　　　　　　　　　4　エレベーター

譯〉請搭乘這部（　　　）到五樓。
　　1　公寓　　　　　　　　2　百貨公司
　　3　推車　　　　　　　　4　電梯

□ **20** きょうは　とても　かぜが　（　　　）　です。

1　ながい　　　　　　　　　2　つよい

3　みじかい　　　　　　　　4　たかい

譯〉今天的風非常（　　　）。
　　1　長　　　　　　　　　2　強勁
　　3　短　　　　　　　　　4　高

□ **21** この　えは　だれが　（　　　）。

1　とりましたか　　　　　　2　つくりましたか

3　かきましたか　　　　　　4　さしましたか

譯〉這幅畫是誰（　　　）？
　　1　拍的　　　　　　　　2　做的
　　3　畫的　　　　　　　　4　指的

□ **22** ぎゅうにくは　すきですが、ぶたにくは　（　　　）。

1　きらいです　　　　　　　2　すきです

3　たべます　　　　　　　　4　おいしいです

譯〉我喜歡牛奶，但（　　　）豬肉。
　　1　討厭　　　　　　　　2　喜歡
　　3　會吃　　　　　　　　4　好吃

(解題)**19**　(答案) **(4)**

原本的句子為「このエレベーターで５階に行ってください／請搭乘這部電
梯到五樓」。「～で（行きます）／搭～」表示交通方式。例句：
自転車で図書館へ行きます。（騎自行車去圖書館）
家から学校まで毎日電車で行きます。（每天都從家裡搭電車去學校）

(解題)**20**　(答案) **(2)**

颱風或下雨的程度用「強い／強」、「弱い／弱」表示。例句：
午後から強い雨になるでしょう。（中午過後就會下起強降雨吧！）
選項１長い（長）。選項３短い（短）。選項４高い（高）。

(解題)**21**　(答案) **(3)**

原本的句子為「わたしはこの絵を描きました／我畫了這幅畫」。→「この
絵はわたしが描きました／這幅畫是我畫的」。（強調「この絵／這幅畫」）
所以問題應為→「この絵はだれが描きましたか／這幅畫是誰畫的？」
選項１「（写真を）撮ります／拍攝（照片）」。
選項２「（料理を）作ります／作（料理）」。
選項４「（かさを）さします／撐（傘）」。

(解題)**22**　(答案) **(1)**

本題用了「～は…が、～は…」的句子表示對比。「が」是逆接助詞，（　　）
要填入和「すきです／喜歡」相反的詞語。例句：
お茶はありますが、コーヒーはありません。（雖然有茶，但沒有咖啡。）
英語はできますが、フランス語はできません。（雖然會英文，但不會法文。）
昨日は寒かったですが、今日は暖かいです。（雖然昨天很冷，但今天很溫
暖。）

□ **23** せんせいが　テストの　かみを　3（　　　）ずつ　わたしました。

　　1　ねん　　　　　　　　　　　2　ぼん

　　3　まい　　　　　　　　　　　4　こ

　譯〉老師發給每位學生 3（　　　）考卷。
　　　1　年　　　　　　　　　2　本
　　　3　張　　　　　　　　　4　個

□ **24** くらいので　でんきを　（　　　）　ください。

　　1　ふいて　　　　　　　　　　2　つけて

　　3　けして　　　　　　　　　　4　おりて

　譯〉太暗了，請把燈（　　　）。
　　　1　擦　　　　　　　　　2　打開
　　　3　關掉　　　　　　　　4　下來

□ **25** （　　　）に　みずを　入れます。

　　1　コップ　　　　　　　　　2　ほん

　　3　えんぴつ　　　　　　　　4　サラダ

　譯〉把水倒在（　　　）裡。
　　　1　杯子　　　　　　　　　2　書
　　　3　鉛筆　　　　　　　　　4　沙拉

解題 **23** 答案 **(3)**

紙張的數量用「～枚／張」來計算。

※ 把以下物品的量詞記下來吧！

郵票、襯衫：～枚（張、件）

雜誌、筆記本：～冊（本）

樹、傘：～本（棵、把）

蛋、杯子：～こ、～つ（個）

腳踏車、電視：～台（台）

※「ずつ／每」接在數字＋助數詞後面，表示「同じ量をそれぞれに／各取相同的數量」「同じ量を繰り返して／重複相同的數量」。例句：

漢字を 5 回ずつ書いて覚えます。（每個漢字各寫五次然後背下來。）

お菓子は一人 2 つずつ取ってください。（每個人拿兩個點心。）

毎日 10 ページずつ読みます。（每天讀十頁。）

解題 **24** 答案 **(2)**

「ので／因為」表示原因、理由。接在「暗いので／因為很暗」之後的應是「電気をつけてください／請把電燈打開」

選項 1「(風が) 吹いて／(風) 吹」。

選項 3「(電気を) 消して／關掉 (電燈)」。

選項 4「(電車を) 降りて／下 (電車)」。

解題 **25** 答案 **(1)**

「に」表示動作的對象、目標。

「水を入れるもの（水を入れる対象）／倒入水的物品（倒入水的對象）」

是選項 1 杯子。例句：

ノートに名前を書きます。（在筆記本寫上名字）

わたしは友達に電話をかけました。（我給朋友打了電話）

□ **26** あそこに　（　　　）　いるのは、なんと　いう　はなですか。

1　ないて　　　　　　　　　2　とって

3　さいて　　　　　　　　　4　なって

譯〉（　　　）在那裡的是什麼花？
　　1　叫　　　　　　　　　2　拿
　　3　開　　　　　　　　　4　成為

□ **27** いもうとは　かぜを　（　　　）　ねて　います。

1　ひいて　　　　　　　　　2　ふいて

3　きいて　　　　　　　　　4　かかって

譯〉我妹妹感冒了，正在睡覺。
　　1　感染　　　　　　　　　2　擦拭
　　3　聽到　　　　　　　　　4　花費

□ **28** ことし、みかんの　木に　はじめて　みかんが　（　　　）　なりました。

1　よっつ　　　　　　　　　2　いつつ

3　むっつ　　　　　　　　　4　ななつ

譯〉今年的橘子樹上第一次結了（　　　）橘子。
　　1　四個　　　　　　　　　2　五個
　　3　六個　　　　　　　　　4　七個

接在「花／花」後面的動詞是「咲く／開」。

題目是由「あそこに咲いているのは、○○という花です／那裡綻放的是○○這種花。」這個句子改寫成詢問「○○」的疑問句。

※「～という（名詞）」是表示人、物、地點的名字的説法。例句：
「淡路島という島…／淡路島這座島…」
「キムさんという人…／金先生這個人…」
※ 請注意存在的地方用「に」，動作的地方用「で」。
あそこに花が咲いています。　（那邊的花正綻放著）＜存在＞
壁に写真が貼ってあります。　（照片貼在牆壁上）
あそこで鳥が鳴いています。　（那裡的鳥兒正在啼鳴）＜動作＞
公園で子供が遊んでいます。　（孩子在公園裡玩耍）

接在「風邪を／感冒」後面的是「ひきます／感染」。

選項2「（風が）吹きます／（風）吹」。

選項4「（風邪に）かかります／感染（感冒）」。

※ 病気にかかります（生病）／病気になります（生病）

把量詞「～つ／個」的計算方法記下來吧！

ひとつ（一個）、ふたつ（兩個）、みっつ（三個）、よっつ（四個）、
いつつ（五個）、むっつ（六個）、ななつ（七個）、やっつ（八個）、
ここのつ（九個）、とお（十個）

翻譯與解題

◎問題 4　選項中有和＿＿＿意思相近的句子。請從選項 1・2・3・4 中選出一個
　　　　最適合的答案。

□ **29** まいにち　だいがくの　しょくどうで　ひるごはんを　たべます。

　　1　いつも　あさごはんは　だいがくの　しょくどうで　たべます。

　　2　いつも　ひるごはんは　だいがくの　しょくどうで　たべます。

　　3　いつも　ゆうごはんは　だいがくの　しょくどうで　たべます。

　　4　いつも　だいがくの　しょくどうで　しょくじを　します。

　　譯〉每天都在大學的餐廳吃午餐。
　　　　1　總是在大學的餐廳吃早餐。
　　　　2　總是在大學的餐廳吃午餐。
　　　　3　總是在大學的餐廳吃晚餐。
　　　　4　總是在大學的餐廳吃飯。

□ **30** あなたの　いもうとは　いくつですか。

　　1　あなたの　いもうとは　どこに　いますか。

　　2　あなたの　いもうとは　なんねんせいですか。

　　3　あなたの　いもうとは　なんさいですか。

　　4　あなたの　いもうとは　かわいいですか。

　　譯〉你妹妹幾歲？
　　　　1　你妹妹在哪裡？
　　　　2　你妹妹幾年級？
　　　　3　你妹妹幾歲？
　　　　4　你妹妹很可愛嗎？

□ **31** あねは　からだが　つよく　ないです。

　　1　あねは　からだが　じょうぶです。

　　2　あねは　からだが　ほそいです。

　　3　あねは　からだが　かるいです。

　　4　あねは　からだが　よわいです。

　　譯〉姐姐的身體不好。
　　　　1　姐姐身體很健康。
　　　　2　姐姐的身體很瘦。
　　　　3　姐姐的身體很輕
　　　　4　姐姐的身體很虛弱。

(解題)**29**　　　　　　　　　　　　　　　　　　　　　(答案)**(2)**

題目是「昼ごはん／午餐」。

選項1「朝ごはん／早餐」不正確。選項3「夕ごはん／晩餐」不正確。

選項4雖然「食事／飯」沒有錯，但更接近題目意思的是選項2。

(解題)**30**　　　　　　　　　　　　　　　　　　　　　(答案)**(3)**

「Ａさんはいくつですか」是詢問Ａ先生年紀的說法。和「何歳ですか」意思相同。

(解題)**31**　　　　　　　　　　　　　　　　　　　　　(答案)**(4)**

強い（強）⇔弱い（弱）

「強くないです／不強」是「強いです／強」的否定形，和「弱いです／弱」意思大致相同。

選項1「丈夫な／結實」和「強い／強勁」的意思大致相同。如果是「丈夫ではありません／不結實」則正確。選項2細い（細）⇔太い（粗）。選項3輕い（輕）⇔重い（重）

※ 把形容詞的活用形記下來吧！

強いです（強）- 強くないです（不強）- 強かったです（以前很強）- 強くなかったです（以前不強）

□ **32** 1ねん　まえの　はる　にほんに　きました。

　　1　ことしの　はる　にほんに　きました。

　　2　きょねんの　はる　にほんに　きました。

　　3　2ねん　まえの　はる　にほんに　きました。

　　4　おととしの　はる　にほんに　きました。

譯〉一年前的春天，我來到了日本。
　　1　今年春天我來到了日本。
　　2　去年春天我來到了日本。
　　3　兩年前的春天我來到了日本。
　　4　前年的春天我來到了日本。

□ **33** この　ほんを　かりたいです。

　　1　この　ほんを　かって　ください。

　　2　この　ほんを　かりて　ください。

　　3　この　ほんを　かして　ください。

　　4　この　ほんを　かりて　います。

譯〉我想借這本書。
　　1　請幫我買這本書。
　　2　請幫我借這本書。
　　3　請借我這本書。
　　4　我借下這本書了。

解題**32**　　　　　　　　　　　　　　　　　　　　　　答案 **(2)**

「１年前／一年前」和「去年／去年」意思相同。

※ 記下表示時間的説法吧！

おととい（前天）- きのう（昨天）- 今日（今天）- 明日（明天）-
あさって（後天）

おととし（前年）- 去年（去年）- 今年（今年）- 来年（明年）-
さ来年（後年）

解題**33**　　　　　　　　　　　　　　　　　　　　　　答案 **(3)**

題目的「借りたいです」是「借ります」的ます形「借り」再加上「～たい
です」，是表示希望和期望的句型。「わたしはこの本を借りたいです／我
想借這本書」的主語（わたしは）被省略了。要向對方表達「（わたしは）
借りたいです／（我）想借」這種期望時，可以説「（あなたは）（わたしに）
貸してください／請（你）借給（我）」。「～てください」是拜託、請求
他人時的説法。

（わたしは）借りたいです／（我）想借→（あなたは）貸してください／
請（你）借給我

借ります（借入）⇔貸します（借出）

選項１「（あなたは）この本を買ってください／請（你）買這本書」←「（わ
たしは）この本を売りたいです／（我）想賣出這本書」

選項２「（あなたは）この本を借りてください／請（你）借走這本書」←
「（わたしは）この本を貸したいです／（我）想借出這本書」

選項４「この本を借りています／我借這本書」。「～ています」表示狀態。
例如：わたしは車を持っています。（我有車）

翻譯與解題

◎問題 1　以下詞語的平假名為何？請從選項 1・2・3・4 中選出一個最適合填
　　　　入＿＿＿的答案。

☐ **1** 長い　じかん　ねました。

　　1　みじかい　　　　　　　　2　ながい

　　3　ひろい　　　　　　　　　4　くろい

　　譯〉我睡了很久。
　　　　1　短　　　　　　　　　2　長
　　　　3　寬廣　　　　　　　　4　黑

☐ **2** あなたは　くだものでは　何が　すきですか。

　　1　どれが　　　　　　　　　2　なにが

　　3　これが　　　　　　　　　4　なんが

　　譯〉你喜歡什麼水果？
　　　　1　哪一個　　　　　　　2　什麼
　　　　3　這個　　　　　　　　4　×

☐ **3** わたしは　自転車で　だいがくに　いきます。

　　1　じどうしゃ　　　　　　　2　じてんしゃ

　　3　じてんしや　　　　　　　4　じでんしゃ

　　我騎自行車去大學校園。
　　　　1　汽車　　　　　　　　2　自行車
　　　　3　×　　　　　　　　　4　×

☐ **4** うちの　ちかくに　きれいな　川が　あります。

　　1　かわ　　　　　　　　　　2　かは

　　3　やま　　　　　　　　　　4　うみ

　　譯〉我家附近有一條美麗的河。
　　　　1　河　　　　　　　　　2　×
　　　　3　山　　　　　　　　　4　海

長＝チョウ／なが‐い。例句：

兄は足が長い。（哥哥的腳很長）

わたしの父は社長です。（我的爸爸是總經理）

選項1短い（短）⇔長い（長）。選項3広い（寬）。選項4黒い（黑）。

（解題）**2** （答案）(2)

何＝カ／なに・なん。例句：

何を飲みますか。（喝什麼？）、何語を話しますか。（說什麼語言？）

何時ですか。（幾點？）、これは何と読みますか（這個怎麼唸？）

※ 如果「何」後面接的是「た行・だ行・な行」，（例：何といいますか。／你説什麼？、何ですか。／這是什麼？、何の店ですか／是什麼店？），或是在問到像是"何歳（幾歲）、何時（幾點）、何回（幾次）"等等數目的情況下，則念「なん」。其他的情況念「なに」。

（解題）**3** （答案）(2)

自＝ジ・シ／みずか‐ら。例如：

自動車（汽車）、自分（自己）

転＝テン／ころ‐ぶ・ころ‐がる。例如：

運転（駕駛）

車＝シャ／くるま。例如：

電車（電車）、駐車場（停車場）

（解題）**4** （答案）(1)

川＝セン／かわ

選項3山。選項4海。

《第三回 全真模考》 問題一

□ **5** はこに　おかしが　<ruby>五つ<rt>いつ</rt></ruby>　はいって　います。

　　1　ごつ　　　　　　　　　　2　ごこつ

　　3　いつつ　　　　　　　　　4　ごっつ

　　譯〉箱子裡有五塊餅乾。
　　　　1　×　　　　　　　　　　2　五個
　　　　3　五塊　　　　　　　　　4　×

□ **6** <ruby>出口<rt>で ぐち</rt></ruby>は　あちらです。

　　1　でるくち　　　　　　　　2　いりぐち

　　3　でくち　　　　　　　　　4　でぐち

　　譯〉出口在那邊。
　　　　1　×　　　　　　　　　　2　入口
　　　　3　×　　　　　　　　　　4　出口

□ **7** <ruby>大人<rt>おとな</rt></ruby>に　なったら、いろいろな　くにに　いきたいです。

　　1　おとな　　　　　　　　　2　おおひと

　　3　たいじん　　　　　　　　4　せいじん

　　譯〉長大之後，我想去很多國家遊歷。
　　　　1　大人　　　　　　　　　2　×
　　　　3　×　　　　　　　　　　4　成人

（解題）**5**　　　　　　　　　　　　　　　　　　　　　　答案 **(3)**

五＝ゴ／いつ - つ。例句：

五時（五點）・五日（五日）

※ 把量詞「〜つ／個」的計算方法記下來吧！

ひとつ（一個）、ふたつ（兩個）、みっつ（三個）、よっつ（四個）、

いつつ（五個）、むっつ（六個）、ななつ（七個）、やっつ（八個）、

ここのつ（九個）、とお（十個）

（解題）**6**　　　　　　　　　　　　　　　　　　　　　　答案 **(4)**

出＝シュツ・スイ／で - る・だ - す。例句：

うちを出ます。（離開家門）

手紙を出します。（寄出信）

口＝コウ・ク／くち。例句：

口を大きく開けます。（盡量張開你的嘴巴）

※ 因為「口」之前有「出」，所以讀音從「くち」變成了「ぐち」。

（解題）**7**　　　　　　　　　　　　　　　　　　　　　　答案 **(1)**

特殊念法「大人（おとな）／大人」

大＝タイ・ダイ／おお - きい。例如：

大切（たいせつ／重要）、大使館（たいしかん／大使館）

大学（だいがく／大學）、大丈夫（だいじょうぶ／沒問題）、

大好き（だいすき／最喜歡）

大きい（おおきい／大）、大勢（おおぜい／很多人）

人＝ジン・ニン／ひと。例句：

外国人（がいこくじん／外國人）、５人（ごにん／五位）、

あの人（あのひと／那個人）

※ 特殊念法：一人（ひとり／一人）、二人（ふたり／兩人）

※ 記下人數的念法吧！

一人（ひとり）、二人（ふたり）、三人（さんにん）、四人（よにん）、

五人（ごにん）、六人（ろくにん）、七人（しちにん／ななにん）、

八人（はちにん）、九人（きゅうにん／くにん）、十人（じゅうにん）

□ **8**　こたえは　<ruby>全部<rt>ぜん ぶ</rt></ruby>　わかりました。

　　1　ぜんぶ　　　　　　　　　　2　ぜんたい

　　3　ぜいいん　　　　　　　　　4　ぜんいん

　　譯〉答案我全都知道了。
　　　　1　全部　　　　　　　　　2　全體
　　　　3　×　　　　　　　　　　4　全員

□ **9**　<ruby>暑い<rt>あつ</rt></ruby>　まいにちですが、おげんきですか。

　　1　さむい　　　　　　　　　　2　あつい

　　3　つめたい　　　　　　　　　4　こわい

　　譯〉又到了炎熱的季節，您最近好嗎？
　　　　1　冷　　　　　　　　　　2　熱
　　　　3　冰　　　　　　　　　　4　可怕

□ **10**　<ruby>今月<rt>こんげつ</rt></ruby>は　ほんを　３さつ　かいました。

　　1　きょう　　　　　　　　　　2　ことし

　　3　こんげつ　　　　　　　　　4　らいげつ

　　譯〉這個月買了三本書。
　　　　1　今天　　　　　　　　　2　今年
　　　　3　這個月　　　　　　　　4　下個月

(解題)8

(答案)(1)

全＝ゼン／まった‐く・すべ‐て
部＝ブ
※ 特殊念法：部屋（へや／房間）

(解題)9

(答案)(2)

暑＝ショ／あつ‐い
選項1寒い（寒冷）⇔暑い（炎熱）。選項3冷たい（冷淡）。

(解題)10

(答案)(3)

今＝コン・キン／いま。例句：
今週（這星期）
今何時ですか。（現在幾點了？）
※ 特殊念法：今日（きょう／今天）、今朝（けさ／今天早上）、
今年（ことし／今年）
月＝ゲツ・ガツ／つき。例如：
月曜日（げつようび／星期一）、先月（せんげつ／上個月）、
一か月（いっかげつ／一個月）
三月三日（さんがつみっか／三月三日）
ひと月（ひとつき／一個月）

翻譯與解題

◎問題 2　以下詞語應為何？請從選項 1・2・3・4 中選出一個最適合填入＿＿＿的答案。

□ **11** わたしは　ちいさな　<u>あぱーと</u>の　2かいに　すんで　います。

　　1　アパート　　　　　　　　2　アパト

　　3　アパトー　　　　　　　　4　アパアト

譯〉我住在狹小的公寓的二樓。
　　1　公寓　　　　　　　　　2　×
　　3　×　　　　　　　　　　4　×

□ **12** <u>ひとりで</u>　かいものに　いきました。

　　1　二人（ふたり）　　　　　　　　　2　一人（ひとり）

　　3　一入　　　　　　　　　　4　日人

譯〉兩個人一起去購物了。
　　1　兩個人　　　　　　　2　一個人
　　3　×　　　　　　　　　4　×

□ **13** <u>まいにち</u>　おふろに　はいります。

　　1　毎目　　　　　　　　　　2　母見

　　3　母日　　　　　　　　　　4　毎日（まいにち）

譯〉每天都會泡澡。
　　1　×　　　　　　　　　2　×
　　3　×　　　　　　　　　4　每天

□ **14** その　<u>くすり</u>は　ゆうはんの　あとに　のみます。

　　1　葉（は）　　　　　　　　　　2　薬（くすり）
　　3　楽（らく）　　　　　　　　　　4　草（くさ）

譯〉那種藥應於晚飯後服用。
　　1　葉子　　　　　　　　2　藥
　　3　輕鬆　　　　　　　　4　草

解題 **11**　　　　　　　　　　　　　　　　　　　　　　答案 **(1)**

公寓的寫法應為"アパート"。

解題 **12**　　　　　　　　　　　　　　　　　　　　　　答案 **(2)**

一＝イチ・イツ／ひと・ひと - つ

※ 特殊念法：一日（一號）　一人（一個人）

人＝ジン・ニン／ひと

特殊念法「大人」（おとな／成人）

大＝タイ・ダイ／おお - きい。

解題 **13**　　　　　　　　　　　　　　　　　　　　　　答案 **(4)**

毎＝マイ。例如：

毎週（まいしゅう／每週）、毎年（まいとし／每年）

日＝ジツ・ニチ／か・ひ。例如：

日曜日（にちようび／星期日）、何日（なんにち／多少天）、

日本（にほん／日本）

先日（せんじつ／前一陣子）

その日（そのひ／那天）、火曜日（かようび／星期二）

三日（みっか／三號）、十日（とおか／十號）

※ 特殊念法：明日（あした／明天）、昨日（きのう／昨天）、

今日（きょう／今天）

解題 **14**　　　　　　　　　　　　　　　　　　　　　　答案 **(2)**

薬＝ヤク／くすり

選項１葉（ヨウ／は）。選項３楽（ガク・ラク／たの - しい）。

選項４草（ソウ／くさ）。

□ **15** ふゆに　なると　やまが　ゆきで　<u>しろく</u>　なります。

1　百く　　　　　　　　　　　　2　<ruby>黒<rt>くろ</rt></ruby>く

3　<ruby>白<rt>しろ</rt></ruby>く　　　　　　　　　　　4　自く

譯〉一到冬天，山就會被雪覆蓋成一片雪白。

　　1　×　　　　　　　　　　　2　黑

　　3　白　　　　　　　　　　　4　×

□ **16** <u>て</u>を　あげて　こたえました。

1　<ruby>手<rt>て</rt></ruby>　　　　　　　　　　　2　<ruby>牛<rt>うし</rt></ruby>

3　<ruby>毛<rt>け</rt></ruby>　　　　　　　　　　　4　<ruby>未<rt>み</rt></ruby>

譯〉我舉手回答了問題。

　　1　手　　　　　　　　　　　2　牛

　　3　毛　　　　　　　　　　　4　×

□ **17** ちちも　ははも　<u>げんき</u>です。

1　元木　　　　　　　　　　　2　元本

3　見気　　　　　　　　　　　4　<ruby>元<rt>げん</rt></ruby><ruby>気<rt>き</rt></ruby>

譯〉爸爸和媽媽都很健康。

　　1　×　　　　　　　　　　　2　×

　　3　×　　　　　　　　　　　4　健康

□ **18** <u>ごご</u>から　<ruby>友<rt>とも</rt></ruby>だちと　えいがに　<ruby>行<rt>い</rt></ruby>きます。

1　五後　　　　　　　　　　　2　<ruby>午<rt>ご</rt></ruby><ruby>後<rt>ご</rt></ruby>

3　後午　　　　　　　　　　　4　五語

譯〉下午要跟朋友一起去看電影。

　　1　×　　　　　　　　　　　2　下午

　　3　×　　　　　　　　　　　4　×

(解題)**15**　　　　　　　　　　　　　　　　　　　(答案) (3)

　白＝ハク／しろ・しろ‐い

　選項1百（ヒャク／もも）。選項2黒（コク／くろ・くろ‐い）。

　選項3自（ジ／みずか‐ら）。

───

(解題)**16**　　　　　　　　　　　　　　　　　　　(答案) (1)

　手＝シュ／て。例如：

　右手（みぎて／右手）

　※ 特殊念法：上手（じょうず／擅長）、下手（へた／拙劣）

　選項2牛（牛）。選項3毛（毛）。

───

(解題)**17**　　　　　　　　　　　　　　　　　　　(答案) (4)

　元＝ゲン・ガン／もと

　気＝キ・ケ

───

(解題)**18**　　　　　　　　　　　　　　　　　　　(答案) (2)

　午＝ゴ。例句：

　午前（ごぜん／上午）

　後＝コウ・ゴ／あと・うし‐ろ・おく‐れる・のち。例句：

　また後で来ます。（我等會兒再來）

　木の後ろにネコがいます。（樹後面有一隻貓）

翻譯與解題

◎問題3 （　　　）中的詞語應為何？請從選項1・2・3・4中選出一個最適合填入（　　　）的答案。

□ **19** この　みせの　（　　　）は、とても　おいしいです。

   1　はさみ　　　　　　　　　　2　えんぴつ

   3　おもちゃ　　　　　　　　　4　パン

  譯〉這家店的（　　　）非常好吃。
    1　剪刀　　　　　　　　　2　鉛筆
    3　玩具　　　　　　　　　4　麵包

□ **20** にくを　500（　　　）　かって、みんなで　たべました。

   1　クラブ　　　　　　　　　　2　グラム

   3　グラス　　　　　　　　　　4　リットル

  譯〉買了500（　　　）的肉，和大家一起享用了。
    1　夜店　　　　　　　　　2　公克
    3　杯子　　　　　　　　　4　公升

□ **21**　ふうとうに　きってを　はって、（　　　）に　いれました。

   1　ドア　　　　　　　　　　　2　げんかん

   3　ポスト　　　　　　　　　　4　はがき

  譯〉在信封貼上郵票，投進（　　　）裡了。
    1　門　　　　　　　　　　2　門口
    3　郵筒　　　　　　　　　4　明信片

□ **22** あには　おんがくを　（　　　）　べんきょうします。

   1　ききながら　　　　　　　　2　うちながら

   3　あそびながら　　　　　　　4　ふきながら

  譯〉我哥（　　　）音樂邊唸書。
    1　邊聽　　　　　　　　　2　邊打
    3　邊玩　　　　　　　　　4　邊吹

解題 **19**　　　　　　　　　　　　　　　　　　　　　　　答案 **(4)**

因為題目是「とてもおいしいです／非常好吃」，所以（　　）應填食物。

解題 **20**　　　　　　　　　　　　　　　　　　　　　　　答案 **(2)**

重量的單位。500 g（公克）

※1000g ＝ 1 kg（公斤／公斤）

※ 長度的單位：m（米、公尺）、km（公里）

解題 **21**　　　　　　　　　　　　　　　　　　　　　　　答案 **(3)**

因為題目提到「封筒に切手を貼って／在信封上貼郵票」，由此可知這是
指信紙。因此答案為可以投入信紙的郵筒。

解題 **22**　　　　　　　　　　　　　　　　　　　　　　　答案 **(1)**

接在「音楽を／音樂」之後的是「聞きます／聽」。

※ 因為「遊びます／玩」是自動詞，因此不會寫成「～を遊びます／玩～」
的句型（不接目的語）。應寫作「歌を歌って遊びます／玩歌唱遊戲」或「お
もちゃで遊びます／玩玩具」。

※「（動詞ます形）ながら／一邊～一邊～」表示一個人同時進行兩個動作。

□ **23** おひるに　なったので、（　　　　）を　たべました。

1　さら　　　　　　　　　　　2　ゆうはん

3　おべんとう　　　　　　　　4　テーブル

譯〉因為午休時間到了，所以我吃了（　　　　）。
　　1　盤子　　　　　　　　　　2　晚餐
　　3　便當　　　　　　　　　　4　桌子

□ **24** また　（　　　　）の　にちようびに　あいましょう。

1　らいねん　　　　　　　　　2　きょねん

3　きのう　　　　　　　　　　4　らいしゅう

譯〉（　　　　）的星期日再見面吧。
　　1　明年　　　　　　　　　　2　去年
　　3　昨天　　　　　　　　　　4　下週

□ **25** この　（　　　　）は　とても　あついです。

1　おちゃ　　　　　　　　　　2　みず

3　ネクタイ　　　　　　　　　4　えいが

譯〉這杯（　　　　）很燙。
　　1　茶　　　　　　　　　　　2　涼水
　　3　領帶　　　　　　　　　　4　電影

(解題) **23**　　　　　　　　　　　　　　　　　　　　　　(答案) **(3)**

題目提到「～を食べました／吃～」，由此可知（　　）是食物。因為題目中有「お昼に／中午」，所以選項2「夕飯（＝晩ご飯）／晚餐（＝晚飯）」不合文意。選項3「お弁当／便當」是正確答案。選項1「皿／盤」是計算菜品的量詞，例如"ひと皿（一盤）、ふた皿（兩盤）"…。「皿を食べる／吃盤子」的句子不合邏輯。

(解題) **24**　　　　　　　　　　　　　　　　　　　　　　(答案) **(4)**

因為題目寫到「また…ましょう／再…吧！」，由此可知談論的是關於未來的話題。選項2去年和選項3昨日都是過去的事，因此不正確。因為題目提到「（　　）の日曜日に／（　　）的星期日」，所以選項1来年（明年）的說法很不自然。

※「（動詞ます形）ましょう」是邀請對方的說法。"また"也可以作為被他人邀請時的回答。例句：

早く帰りましょう。（早點回去吧！）

Ａ：明日、公園へ行きませんか。（A：明天要去公園嗎？）

Ｂ：いいですね、行きましょう。（B：不錯耶，就去公園吧！）

(解題) **25**　　　　　　　　　　　　　　　　　　　　　　(答案) **(1)**

接在「あつい／熱」之後的應是選項1お茶（茶）。

因為和「あつい／熱」這個形容詞同音異義的詞語有「熱い／熱」「暑い／熱」「厚い／厚」這三個，所以在答題時請小心。茶等飲品用「熱い／熱」來形容。

選項3ネクタイ（領帶）和4映画（電影）不會用「あつい／熱」這個形容詞來形容。選項2水雖然有「冷たい水／冷水」的說法，但水溫高時不會說「熱い水」，而應該說「熱いお湯／熱水」。

※「熱い／熱」「暑い／熱」「厚い／厚」的例子：熱いコーヒー（熱咖啡）、暑い夏（炎夏）、厚い本（厚重的書）

□ **26** かべに　ばらの　えが　（　　　）　います。

1　かけて　　　　　　　　　　2　さがって

3　かかって　　　　　　　　　4　かざって

譯▷ 牆壁上（　　　）玫瑰花的畫。
　　1　掛著　　　　　　　　　2　下降
　　3　掛著　　　　　　　　　4　裝飾著

□ **27** もんの　（　　　）で　子どもたちが　あそんで　います。

1　まえ　　　　　　　　　　　2　うえ

3　した　　　　　　　　　　　4　どこ

譯▷ 孩子們在門（　　　）玩耍。
　　1　前　　　　　　　　　　2　上
　　3　下　　　　　　　　　　4　哪裡

□ **28** としょかんで　ほんを　（　　　）　かりました。

1　さんまい　　　　　　　　　2　さんぼん

3　みっつ　　　　　　　　　　4　さんさつ

譯▷ 在圖書館借了（　　　）書。
　　1　三張　　　　　　　　　2　三本
　　3　三個　　　　　　　　　4　三冊

(解題)**26**　　　　　　　　　　　　　　　　　　　　(答案) (3)

「（自動詞て形）います」表示動作的結果持續的狀態，是說明眼前能看見的狀況的說法。「かかります／掛」是自動詞，與之對應的他動詞是「かけます／掛」。例句：

電気が消えています。（電燈熄滅了）

窓が開いています。（窗戶打開了）

この時計は止まっています。（這個時鐘停了）

※「ばら／玫瑰」是一種花的名稱。

選項1「かけます／掛」是他動詞。如果是「壁にばらの絵がかけてあります／牆上掛著一幅玫瑰的畫」則正確。

選項2「壁に絵がさがっています」的說法不正確。

選項4「飾ります／裝飾」是他動詞。如果是「壁に薔薇の絵が飾ってあります／牆上裝飾著一幅玫瑰的畫」則正確。

(解題)**27**　　　　　　　　　　　　　　　　　　　　(答案) (1)

門の前（門前）

選項2上。選項3下。

選項4「どこ／哪裡」用於詢問地點的時候。例句：

トイレはどこですか。（廁所在哪裡？）

(解題)**28**　　　　　　　　　　　　　　　　　　　　(答案) (4)

書本的數量用「～冊／本」來計算。

※ 記下這些物品的量詞吧！

書、雑誌：～冊（本）

明信片、ＣＤ：～枚（張）

鉛筆、刀子：～本（支）

柑橘、香皂：～こ、～つ（個）

◎問題4 選項中有和____意思相近的句子。請從選項1・2・3・4中選出一個最適合的答案。

□ **29 わたしの　だいがくは　すぐ　そこです。**

　　1　わたしの　だいがくは　すこし　とおいです。

　　2　わたしの　だいがくは　すぐ　ちかくです。

　　3　わたしの　だいがくは　かなり　とおいです。

　　4　わたしの　だいがくは　この　さきです。

　　譯〉我的大學就在這附近。
　　　　1　我的大學有點遠。
　　　　2　我的大學很近。
　　　　3　我的大學非常遠。
　　　　4　我的大學就在前面。

□ **30 わたしは　まいばん　11じに　やすみます。**

　　1　わたしは　あさは　ときどき　11じに　ねます。

　　2　わたしは　よるは　ときどき　11じに　ねます。

　　3　わたしは　よるは　いつも　11じに　ねます。

　　4　わたしは　あさは　いつも　11じに　ねます。

　　譯〉我每天晚上都是 11 點睡覺。
　　　　1　我偶而會早上 11 點睡覺。
　　　　2　我偶而會晚上 11 點睡覺。
　　　　3　我總是晚上 11 點睡覺。
　　　　4　我總是早上 11 點睡覺。

副詞「すぐ／馬上」表示時間或距離短的樣子。「そこ」是指對方所在的地方，或是指與自己和對方都有點距離的地方。「すぐそこ／就在那裡」是用於想表達「近い／近」時的說法。「すぐ近く／就在那裡」也是相同的意思。

※「ここ／這裡」→自己所在的地方。

「そこ／那裡」→對方所在的地方，或是與自己和對方都有點距離的地方。

「あそこ／那裡」→距離雙方都有距離的地方。

※「すぐ／馬上、很近」。例句：

すぐ来てください。（請馬上過來）＜時間＞

もうすぐ 5 時です。（就快要五點了）＜時間＞

銀行は駅からすぐです。（銀行就在車站附近）＜場所＞

選項 1「少し遠いです／有一點遠」是想表達「近くない／不近」時的說法。

選項 3「かなり／相當」≒「ずいぶん／非常」，這也是用於表達「遠い／遠」的說法。

選項 4「この先です」並非指距離，而是指位於哪裡、表達「行き方／路線」的說法，也就是「この道の先にあります／就位於這條路的前方」的意思。這與「大学は公園の隣です／大學在公園附近」或「大学は駅の近くです／大學在車站附近」的意思相同。

「晚／晚上」和「夜／夜晚」意思相同。

毎晩（每天晚上）＝毎日の晩（每天的晚上）＝夜はいつも（晚上總是）

※用「休みます／休息」表達「寝ます／睡覺」的意思。→「お休みなさい／晚安」。

□ **31** スケートは　まだ　じょうずでは　ありません。

　　1　スケートは　やっと　じょうずに　なりました。

　　2　スケートは　まだ　すきに　なれません。

　　3　スケートは　また　へたに　なりました。

　　4　スケートは　まだ　へたです。

　　譯〉我的溜冰技術還不太高明。
　　　　1　我總算很會溜冰了。
　　　　2　我還沒辦法喜歡上溜冰。
　　　　3　我的溜冰技術又變差了。
　　　　4　我的溜冰技術還很差。

□ **32** おととし　とうきょうで　あいましたね。

　　1　ことし　とうきょうで　あいましたね。

　　2　2ねんまえ　とうきょうで　あいましたね。

　　3　3ねんまえ　とうきょうで　あいましたね。

　　4　1ねんまえ　とうきょうで　あいましたね。

　　譯〉前年我們在東京見過面吧。
　　　　1　今年我們在東京見過面吧。
　　　　2　兩年前我們在東京見過面吧。
　　　　3　三年前我們在東京見過面吧。
　　　　4　一年前我們在東京見過面吧。

解題31　　　　　　　　　　　　　　　　　　**答案 (4)**

上手（擅長）⇔下手（笨拙）

「上手ではありません／不擅長」是「上手です／擅長」的否定形。和「下手です／拙劣」意思相同。

「まだ…ません／…還沒」表示還沒結束的情形。表達"雖然預測接下來會變得擅長，但是現在並不擅長"的情形。

選項1因為是「じょうずになりました／變得擅長了」，所以不正確。

選項2「好きになれません／沒有喜歡上」→因為「好き／喜歡」和「上手／擅長」沒有關係，所以不正確。

選項3「下手になりました／變得拙劣」→「（形容動詞）になります／變得」表示人或物的變化。題目用「上手ではありません／不擅長」表達現在的情況，因此不正確。

※（形容詞）くなります（變得）

（形容動詞）になります（變得）

（名詞）になります（變得）

→表示人或物的變化。例句：

12月です。寒くなりました。（12月了。天氣變冷了。）＜形容詞＞

この町は便利になりました。（這座城鎮的生活變得便利許多。）＜形容動詞＞

父は病気になりました。（爸爸生病了。）＜名詞＞

解題32　　　　　　　　　　　　　　　　　　**答案 (2)**

「おととし／前年」是「2年前／兩年前」的意思。

※ 把表示時間的說法記下來吧！

おととし（前年）- 去年（去年）- 今年（今年）- 来年（明年）- さ来年（後年）

おととい（前天）- きのう（昨天）- 今日（今天）- 明日（明天）- あさって（後天）

《第三回 全真模考》 問題四

□ **33** まだ　あかるい　ときに　いえを　でました。

1　くらく　なる　まえに　いえを　でました。

2　おくれないで　いえを　でました。

3　まだ　あかるいので　いえを　でました。

4　くらく　なったので　いえを　でました。

譯▷ 趁天還亮著的時候就出門了。

　　　1　趁天色暗下來之前就出門了。

　　　2　趁還沒遲到的時候就出門了。

　　　3　因為天還亮著，所以出門了。

　　　4　因為天色變暗了，所以出門了。

題目的「まだ明るいとき／在天還亮著時」是指「この後暗くなるが、今は明るい／之後天就會暗下來了，但是現在還亮著」的狀況。和選項 1「暗くなる前／在天暗下來之前」指的是同一件事。

「まだ明るいとき／趁天還亮著時」的「まだ／還」用於表達（之後會產生變化，但現在）仍維持同樣的狀況，並沒有變化。例句：

４月なのにまだ寒いですね。（明明已經四月了卻還是這麼冷啊）

兄はまだ寝ています。（哥哥還在睡覺）

まだ教室にいる人はすぐに帰りなさい。（還待在教室裡的人請趕快回家）

選項 1「暗くなる前に」是「（形容詞）くなります」接上「（動詞辞書形）前に」的句型。

「（形容詞）くなります」表示變化。

「（動詞辞書形）前に」表示兩件事情中哪件事要先進行（先後順序）。

選項 2「遅れないで／趁還沒有遲到的時候」是「予定の時間に／趕在預定時間之內」的意思，和「明るいときに／趁天還亮著的時候」意思不同。

選項 3、4 因為提到「…ので／因為」，但選項內容和出家門並沒有因果關係，所以不正確。

極めろ！
日本語能力試験

新制日檢！絕對合格 N3,N4,N5 單字全真模考三回 + 詳解

JAPANESE TESTING

第1回

言語知識（文字・語彙）

もんだい1　＿＿の　ことばは　ひらがなで　どう　かきますか。1・2・3・4から　いちばん　いい　ものを　ひとつ　えらんで　ください。

（例）春に　なると　さくらが　さきます。

　　　1　はる　　　　　2　なつ　　　　　3　あき　　　　　4　ふゆ

　　（かいとうようし）　| （例） | ● ② ③ ④ |

1　あの　森まで　あるいて　いきます。

　　1　はやし　　　　2　もり　　　　　3　いえ　　　　　4　き

2　かみを　半分に　おります。

　　1　はんぶん　　　2　はふん　　　　3　はぶん　　　　4　はんふん

3　山の　中に　湖が　あります。

　　1　うみ　　　　　2　みずうみ　　　3　みなと　　　　4　いけ

4　小学生　以下は　お金を　はらわなくて　いいです。

　　1　いか　　　　　2　いじょう　　　3　まで　　　　　4　した

5　安全な　ところで　あそびます。

　　1　あんしん　　　2　あんぜん　　　3　かんぜん　　　4　かんしん

6　何度も　失敗　しました。

　　1　しっぱい　　　2　しっはい　　　3　しっぱい　　　4　しつはい

7 自分の　意見を　言います。

1　いみ　　　　　2　いげん　　　3　かんじ　　　4　いけん

8 明日から　旅行に　行きます。

1　りゅこう　　　2　りょこお　　　3　りょこう　　　4　りよこ

9 エレベーターの　前の　白い　ドアから　入って　ください。

1　みぎ　　　　　2　まえ　　　　　3　ひだり　　　4　うしろ

もんだい2　___の　ことばは　どう　かきますか。1・2・3・4から　いちばん　いい　ものを　ひとつ　えらんで　ください。

(例) 毎日、この　道を　とおります。

　　1　返ります　　2　通ります　　3　送ります　　4　運ります

（かいとうようし）　| (例)　①　●　③　④ |

10　かれは　とおい　国から　来ました。

　1　遠い　　　　　2　近い　　　　　3　遠い　　　　4　趄い

11　白い　かみに　字を　かきます。

　1　糸　　　　　2　紙　　　　　3　氏　　　　4　終

12　おいわいの　てがみを　もらいました。

　1　お祝い　　　　2　お祝い　　　3　お社い　　　4　お祝い

13　あには　新しい　薬の　けんきゅうを　して　います。

　1　研急　　　　2　形究　　　　3　研究　　　　4　形碗

14　やっと　しごとが　おわりました。

　1　終りました　　2　終はりました　3　終わいました　4　終わりました

15　おいしい　パンを　かって　きました。

　1　買って　　　　2　売って　　　3　勝って　　　4　変って

もんだい3 （　　　）に なにを いれますか。1・2・3・4から い
　　　　　ちばん いい ものを ひとつ えらんで ください。

(例) わからない ことばは、（　　　）を 引きます。

　　1　ほん　　　　2　せんせい　　3　じしょ　　　　4　がっこう

(かいとうようし)　(例)　① ② ● ④

16 かさが ないので、雨が （　　　）まで 待ちましょう。

　1　かたまる　　　2　とまる　　　3　ふる　　　　　4　やむ

17 にゅういんちゅうの 友だちの （　　　）に いきました。

　1　おみやげ　　　2　おみまい　　3　おれい　　　4　おつり

18 おとうとが 小学校に （　　　）しました。

　1　にゅういん　　2　にゅうがく　3　ひっこし　　4　そつぎょう

19 うみの そばの ホテルを （　　　）しました。

　1　よやく　　　　2　よしゅう　　3　あいさつ　　4　じゆう

20 へやを （　　　）、きれいに しましょう。

　1　かたづけて　　2　すてて　　　3　さがして　　4　まぜて

21 英語が 話せるように なったのは、（　　　）です。

　1　さいしょ　　　2　さいきん　　3　さいご　　　　4　さいしゅう

22 みんなで、山に 木を （　　　）。

　1　いれました　　2　まきました　3　うちました　4　うえました

23 かいじょうに 人が （　　　） あつまって きました。

1 つるつる　　　2 どんどん　　3 さらさら　　4 とんとん

24 この 中から ひとつを （　　　） ください。

1 えらんで　　　2 あつめて　　3 くらべて　　4 して

もんだい4 ＿＿の　ぶんと　だいたい　おなじ　いみの　ぶんが　あります。1・2・3・4から　いちばん　いい　ものを　ひとつ　えらんで　ください。

(例) おとうとは　先生に　ほめられました。

  1　先生は　おとうとに　「よく　できたね」と　言いました。

  2　先生は　おとうとに　「こまったね」と　言いました。

  3　先生は　おとうとに　「気を　つけろ」と　言いました。

  4　先生は　おとうとに　「もう　いいかい」と　言いました。

(かいとうようし)　| (例)　● ② ③ ④ |

25　でんしゃが　えきを　しゅっぱつしました。

  1　でんしゃが　えきに　とまりました。

  2　でんしゃが　えきを　出ました。

  3　でんしゃが　えきに　つきました。

  4　でんしゃが　えきを　とおりました。

26　りょこうの　けいかくを　立てて　います。

  1　りょこうに　行く　よていは　ありません。

  2　りょこうに　行くと　きいて　います。

  3　りょこうに　行った　ことを　おもいだして　います。

  4　りょこうの　よていを　かんがえて　います。

27 おたくは　どちらですか。

　1　あなたは　どこに　行きたいのですか。

　2　あなたの　いえに　行っても　いいですか。

　3　あなたの　いえは　どこですか。

　4　あなたに　ききたい　ことが　あります。

28 テレビが　こしょうして　しまいました。

　1　テレビが　なく　なって　しまいました。

　2　テレビが　みられなく　なって　しまいました。

　3　テレビが　かえなく　なって　しまいました。

　4　テレビが　きらいに　なって　しまいました。

29 あねは、とても　うまく　うたを　うたいます。

　1　あねは、とても　じょうずに　うたを　うたいます。

　2　あねは、とても　たのしそうに　うたを　うたいます。

　3　あねは、とても　たかい　こえで　うたを　うたいます。

　4　あねは、とても　うるさく　うたを　うたいます。

もんだい5　つぎの　ことばの　つかいかたで　いちばん　いい　もの
　　　　　　を　1・2・3・4から　ひとつ　えらんで　ください。

(例) こわい

　　1　へやが　くらいので、こわくて　入れません。

　　2　足が　こわくて　もう　走れません。

　　3　外は　こわくて　かぜを　ひきそうです。

　　4　この　パンは　こわくて　おいしいです。

(かいとうようし)　| (例) | ● ② ③ ④ |

30　つれる

　　1　かばんを　つれて　きょうしつに　はいりました。

　　2　先生を　つれて　べんきょうを　しました。

　　3　犬を　つれて　さんぽを　しました。

　　4　ごみを　つれて　すてました。

31　あんない

　　1　何回も　よんで、その　ことばを　あんないしました。

　　2　パソコンで　その　いみを　あんないしました。

　　3　あなたに　いもうとを　あんないします。

　　4　大学の　中を　あんないしました。

32　そだてる

　　1　大きな　たてものを　そだてました。

　　2　子どもを　きびしく　そだてました。

　　3　にわの　花に　水を　そだてました。

　　4　はたらいて　お金を　そだてました。

33 やわらかい

  1 <u>やわらかい</u>　ふとんで　ねました。

  2 <u>やわらかい</u>　べんきょうを　しました。

  3 <u>やわらかい</u>　川が　ながれて　います。

  4 <u>やわらかい</u>　山に　のぼりました。

34 おる

  1 パンを　おさらに　<u>おりました。</u>

  2 木の　えだを　<u>おりました。</u>

  3 ちゃわんを　おとして　<u>おって</u>　しまいました。

  4 せんたくした　シャツを　<u>おって</u>、かたづけました。

MEMO

答對：
／34 題

第2回

言語知識（文字・語彙）

もんだい1　＿＿の　ことばは　ひらがなで　どう　かきますか。1・2・3・
　　　　　　4から　いちばん　いい　ものを　ひとつ　えらんで　ください。

(例) 春に　なると　さくらが　さきます。

　　　1　はる　　　　2　なつ　　　　　3　あき　　　　4　ふゆ

　　(かいとうようし)　│ (例)　　●　②　③　④ │

1 早く　医者に　行った　ほうが　いいですよ。

　　1　いしや　　　2　いし　　　　　3　いしゃ　　　4　せんせい

2 ごご、えいごの　授業が　あります。

　　1　じゅぎょう　2　こうぎ　　　　3　べんきょう　4　せつめい

3 水道の　みずを　のみます。

　　1　すいとう　　2　すいと　　　　3　すうどう　　4　すいどう

4 会社の　受付に　きて　ください。

　　1　うけつき　　2　うけつけ　　　3　いりぐち　　4　げんかん

5 夫は　ぎんこうで　はたらいて　います。

　　1　おとうと　　2　おっと　　　　3　あに　　　　4　つま

6 大学で 経済の べんきょうを して います。

 1 けいさい　　2 けいけん　　3 けいざい　　4 れきし

7 わたしには 関係が ない ことです。

 1 かんけい　　2 かいけい　　3 かんけ　　4 かいかん

8 朝 出かける まえに 鏡を 見ます。

 1 かかみ　　2 すがた　　3 かお　　4 かがみ

9 かれは この国で 有名な 人です。

 1 ゆうめい　　2 ゆめい　　3 ゆうかん　　4 ゆうめ

もんだい2 ＿＿の ことばは どう かきますか。1・2・3・4から
いちばん いい ものを ひとつ えらんで ください。

（例） 毎日、この 道を とおります。

1 返ります 2 通ります 3 送ります 4 運ります

（かいとうようし） | (例) | ① ● ③ ④ |

---

10 二つの はこの 大きさを くらべて みましょう。

1 北べて 2 比べて 3 並べて 4 屁べて

11 母は 近くの スーパーで しごとを して います。

1 任事 2 士事 3 仕事 4 仕事

12 かった 本を さいしょから 読みました。

1 最初 2 先初 3 最始 4 最初

13 ここに ごみを すてないで ください。

1 拾て 2 捨て 3 放て 4 落て

14 毎朝、つめたい 水で 顔を あらいます。

1 冷い 2 冷たい 3 令い 4 令たい

15 子どもは いえの そとで あそびます。

1 外 2 中 3 表 4 夕

もんだい3 （　　　）に　なにを　いれますか。1・2・3・4から
　　　　　　いちばん　いい　ものを　ひとつ　えらんで　ください。

(例) わからない　ことばは、（　　　）を　引きます。

　　1　ほん　　　　2　せんせい　　　3　じしょ　　　　4　がっこう

（かいとうようし）　　(例)　　① ② ● ④

16　歩いて　いて、金色の　ゆびわを　（　　　）ました。

　　1　うり　　　　　2　ひろい　　　　3　もち　　　　　4　たし

17　パソコンの　つかいかたを　（　　　）して　もらいました。

　　1　けんきゅう　　2　しょうかい　　3　せつめい　　　4　じゅんび

18　せきが　（　　　）ので、すわりましょう。

　　1　すいた　　　　2　うごいた　　　3　かえた　　　　4　あいた

19　かいだんから　おちて　（　　　）を　しました。

　　1　けが　　　　　2　ほね　　　　　3　むり　　　　　4　けいけん

20　山田さんは　歌が　とても　（　　　）ので、おどろきました。

　　1　あまい　　　　2　とおい　　　　3　うまい　　　　4　ふかい

21　学校に　行くには　電車を　（　　　）なければ　なりません。

　　1　とりかえ　　　2　のりかえ　　　3　まちがえ　　　4　ぬりかえ

22　先生が　くると　せいとたちは　（　　　）しずかに　なりました。

　　1　はっきり　　　2　なるべく　　　3　あまり　　　　4　きゅうに

---

23 どろぼうは　けいかんに　おいかけられて　（　　　）　いきました。

1　なげて　　　　2　とめて　　　　3　にげて　　　　4　ぬれて

24 5階に　ある　お店には　（　　　）で　上がります。

1　エスカレーター　　　　　　2　ストーカー

3　コンサート　　　　　　　　4　スクリーン

もんだい4 ___の ぶんと だいたい おなじ いみの ぶんが あ
　　　　　ります。1・2・3・4から いちばん いい ものを
　　　　　ひとつ えらんで ください。

(例) おとうとは 先生に ほめられました。

　　1　先生は おとうとに 「よく できたね」と 言いました。

　　2　先生は おとうとに 「こまったね」と 言いました。

　　3　先生は おとうとに 「気を つけろ」と 言いました。

　　4　先生は おとうとに 「もう いいかい」と 言いました。

(かいとうようし)　| (例) | ● ② ③ ④ |

25　でんしゃは すいています。

　　1　でんしゃの 中には せきが ぜんぜん ありません。

　　2　でんしゃの 中には すこしだけ 人が います。

　　3　でんしゃの 中は 人で いっぱいです。

　　4　でんしゃの 中は 空気が わるいです。

26　中村さんは テニスの 初心者です。

　　1　中村さんは テニスが とても うまいです。

　　2　中村さんは テニスを する つもりは ありません。

　　3　中村さんは さいきん テニスを 習いはじめました。

　　4　中村さんは テニスが とても すきです。

27 山田さんは　昨日　友だちの　いえを　たずねました。

1 山田さんは　昨日　友だちに　あいました。

2 山田さんは　昨日　友だちに　でんわを　しました。

3 山田さんは　昨日　友だちの　いえを　さがしました。

4 山田さんは　昨日　友だちの　いえに　行きました。

28 車は　通行止めに　なって　います。

1 車だけ　通れる　ように　なって　います。

2 車を　止めて　おく　ところが　あります。

3 車は　通れなく　なって　います。

4 車が　たくさん　通って　います。

29 わたしは　先生に　しかられました。

1 先生は　わたしに　「きそくを　まもりなさい」と　言いました。

2 先生は　わたしに　「がんばったね」と　言いました。

3 先生は　わたしに　「からだに　気を　つけて」と　言いました。

4 先生は　わたしに　「どうも　ありがとう」と　言いました。

もんだい5　つぎの　ことばの　つかいかたで　いちばん　いい
　　　　　ものを　1・2・3・4から　ひとつ　えらんで　く
　　　　　ださい。

<ruby>例<rt>れい</rt></ruby>（例）こわい

　1　へやが　くらいので、こわくて　入れません。

　2　足が　こわくて　もう　走れません。

　3　外は　こわくて　かぜを　ひきそうです。

　4　この　パンは　こわくて　おいしいです。

（かいとうようし）　| (例) | ● ② ③ ④ |

30　こまかい

　1　かのじょは　こまかい　うでを　して　います。

　2　ノートに　こまかい　字が　ならんで　います。

　3　公園で　こまかい　子どもが　あそんで　います。

　4　こまかい　時間ですが、楽しんで　ください。

31　かんたん

　1　ハンバーグの　かんたんな　作り方を　教えます。

　2　この　りょうりは　かんたんな　時間で　できます。

　3　あすは　かんたんな　天気に　なるでしょう。

　4　ここは　むかし、かんたんな　町でした。

32 ほぞん

1 すぐに けが人を ほぞんします。

2 教室の かぎは 先生が ほぞんして います。

3 この おかしは、れいぞうこで ほぞんして ください。

4 その もんだいは ほぞんに なって います。

33 ひらく

1 へやを ひらいて きれいに しました。

2 ケーキを ひらいて おさらに 入れました。

3 テレビを ひらいて ニュースを 見ました。

4 テキストの 15ページを ひらいて ください。

34 しばらく

1 つぎの 電車が しばらく 来ます。

2 この 雨は しばらく やみません。

3 長い 冬が しばらく 終わりました。

4 きょうの しあいは しばらく まけました。

MEMO

答對：
／34 題

第3回

言語知識（文字・語彙）

もんだい1　___の ことばは ひらがなで どう かきますか。1・2・3・4から いちばん いい ものを ひとつ えらんで ください。

（例）春に なると さくらが さきます。

　　1 はる　　　　2 なつ　　　　3 あき　　　　4 ふゆ

（かいとうようし）　│（例）　● ② ③ ④ │

---

1 月が とても きれいです。

　1 はな　　　　2 つき　　　　3 ほし　　　　4 そら

2 わたしの 妻は がっこうの 先生です。

　1 おつと　　　2 まつ　　　　3 おっと　　　4 つま

3 会場には バスで 行きます。

　1 かいじよう　2 かいじょお　3 かいじょう　4 ばしょ

4 世界には たくさんの 国が あります。

　1 せかい　　　2 せいかい　　3 ちず　　　　4 せえかい

5 立派な いえが ならんで います。

　1 りゅうは　　2 りゅうぱ　　3 りっは　　　4 りっぱ

6 母の 力に なりたいと 思います。

　1 たより　　　2 りき　　　　3 ちから　　　4 たすけ

7 車に 注意して あるきなさい。

　　1　きけん　　　2　ちゅうい　　　3　あんぜん　　　4　ちゅうもん

8 あなたの　お母さんは　若く　見えます。

　　1　わかく　　　　2　こわく　　　　3　きびしく　　　4　やさしく

9 わたしの　趣味は　ほしを　見る　ことです。

　　1　きょうみ　　2　しゅみ　　　　3　きようみ　　　4　しゆみ

もんだい2 ＿＿の ことばは どう かきますか。1・2・3・4から いちばん いい ものを ひとつ えらんで ください。

（例）毎日、この 道を とおります。

1 返ります　2 通ります　　3 送ります　　4 運ります

（かいとうようし）　| （例） | ① ● ③ ④ |

---

10 この いけは あさいです。

1 広い　　　　2 低い　　　　3 浅い　　　　4 熱い

11 べんとうを もって 山に 行きました。

1 弁通　　　　2 弁当　　　　3 便当　　　　4 弁当

12 がいこくの おきゃくさまを むかえます。

1 迎え　　　　2 迎え　　　　3 迎かえ　　　　4 迎かえ

13 ともだちと あそぶ やくそくを しました。

1 約束　　　　2 約則　　　　3 紙束　　　　4 約束

14 きょうは あたらしい くつを はいて います。

1 親しい　　　2 新しい　　　3 親らしい　　　4 新らしい

15 きぬの ハンカチを 買いました。

1 綿　　　　2 麻　　　　3 絹　　　　4 縜

もんだい3 （　　）に　なにを　いれますか。1・2・3・4から
　　　　　　いちばん　いい　ものを　ひとつ　えらんで　ください。

（例） わからない　ことばは、（　　）を　引きます。
　　1　ほん　　　　2　せんせい　　　3　じしょ　　　　4　がっこう

（かいとうようし）　（例）　① ② ● ④

16　私の　家に　きたら　かぞくに　（　　）します。
　1　しょうかい　2　おれい　　　3　てつだい　　4　しょうたい

17　わたしは　（　　）を　かえる　ために　かみの　毛を
　　切りました。
　1　ことば　　　　2　きぶん　　　3　くうき　　　4　てんき

18　しあいには　まけましたが、よい　（　　）に　なりました。
　1　しゃかい　　　　　　　　　2　けんぶつ
　3　けいけん　　　　　　　　　4　しゅうかん

19　わたしが　うそを　ついたので、父は　たいへん　（　　）。
　1　おこしました　　　　　　　2　よこしました
　3　さがりました　　　　　　　4　おこりました

20　出かける　ときは　部屋の　かぎを　（　　）ください。
　1　つけて　　　　2　かけて　　　3　けして　　　　4　とめて

21　たんじょうびには　妹が　ぼくに　プレゼントを　（　　）。
　1　いただきます　2　たべます　　3　もらいます　4　くれます

22 りょうしんは いなかに （　　　） います。

1 ならんで　　2 くらべて　　3 のって　　　　4 すんで

23 風が つよいので、うみには （　　　） ください。

1 わすれないで　　　　　　　2 わたらないで

3 入らないで　　　　　　　　4 とおらないで

24 みせの 前には じてんしゃを （　　　） ください。

1 かたづけて　　　　　　　　2 とめないで

3 とめて　　　　　　　　　　4 かわないで

もんだい4 ___の ぶんと だいたい おなじ いみの ぶんが あ
　　　　　 ります。1・2・3・4から いちばん いい ものを
　　　　　 ひとつ えらんで ください。

(例) おとうとは 先生に ほめられました。

　　1　先生は おとうとに 「よく できたね」と 言いました。

　　2　先生は おとうとに 「こまったね」と 言いました。

　　3　先生は おとうとに 「気を つけろ」と 言いました。

　　4　先生は おとうとに 「もう いいかい」と 言いました。

(かいとうようし)　| (例) | ● ② ③ ④ |

25　夕はんの 準備を します。

　　1　夕はんの 世話を します。

　　2　夕はんの 説明を します。

　　3　夕はんの 心配を します。

　　4　夕はんの 用意を します。

26　あんぜんな やさいだけを 売って います。

　　1　めずらしい やさいだけを 売って います。

　　2　ねだんの 高い やさいだけを 売って います。

　　3　おいしい やさいだけを 売って います。

　　4　体に 悪く ない やさいだけを 売って います。

27 もっと しずかに して ください。

 1 そんなに しずかに しては いけません。

 2 そんなに うるさく しないで ください。

 3 すこし うるさく して ください。

 4 もっと おおきな こえで 話して ください。

28 きゃくを ネクタイうりばに あんないしました。

 1 きゃくと いっしょに ネクタイうりばを さがしました。

 2 きゃくに ネクタイうりばを おしえて もらいました。

 3 きゃくは ネクタイうりばには いませんでした。

 4 きゃくを ネクタイうりばに つれていきました。

29 友だちは わたしに あやまりました。

 1 友だちは わたしに 「ごめんね」と 言いました。

 2 友だちは わたしに 「よろしくね」と 言いました。

 3 友だちは わたしに 「いっしょに 行こう」と 言いました。

 4 友だちは わたしに 「ありがとう」と 言いました。

もんだい5　つぎの　ことばの　つかいかたで　いちばん　いい　もの
　　　　　　を　1・2・3・4から　ひとつ　えらんで　ください。

---

^{れい}(例)　こわい

　　1　へやが　くらいので、こわくて　入れません。

　　2　足が　こわくて　もう　走れません。

　　3　外は　こわくて　かぜを　ひきそうです。

　　4　この　パンは　こわくて　おいしいです。

(かいとうようし)　│ (例)^{れい}　　●　②　③　④ │

---

[30]　きょうみ

　1　わたしは　うすい　あじが　きょうみです。

　2　わたしは　体が　じょうぶな　ところが　きょうみです。

　3　わたしの　きょうみは　りょこうです。

　4　わたしは　おんがくに　きょうみが　あります。

[31]　じゅうぶん

　1　あと　じゅうぶんだけ　ねたいです。

　2　セーター　1まいでも　じゅうぶん　あたたかいです。

　3　これは　じゅうぶんだから　よく　きいて　ください。

　4　あれは　日本の　じゅうぶんな　おてらです。

[32]　とりかえる

　1　つぎの　えきで　きゅうこうに　とりかえます。

　2　せんたくものを　いえの　中に　とりかえます。

　3　ポケットから　ハンカチを　とりかえます。

　4　かびんの　みずを　とりかえます。

[33] うかがう

　　1　先生からの　てがみを　うかがいました。

　　2　先生に　おはなしを　うかがいました。

　　3　おきゃくさまから　おかしを　うかがいました。

　　4　わたしは　ていねいに　おれいを　うかがいました。

[34] うちがわ

　　1　へやの　うちがわから　かぎを　かけます。

　　2　本の　うちがわは　とくに　おもしろいです。

　　3　うちがわの　おおい　おはなしを　ききました。

　　4　かばんの　うちがわを　ぜんぶ　だしました。

MEMO

◎問題1 以下詞語的平假名為何？請從選項1・2・3・4中選出一個最適合填入____的答案。

□ **1** あの 森まで あるいて いきます。

1 はやし　　　　　　2 もり

3 いえ　　　　　　　4 き

譯〉我要走到那座森林。
　　1 林　　　　　　　2 森
　　3 家　　　　　　　4 木

□ **2** かみを 半分に おります。

1 はんぶん　　　　　2 はふん

3 はぶん　　　　　　4 はんふん

譯〉把紙對折。
　　1 一半　　　　　　2 ✕
　　3 ✕　　　　　　　4 ✕

□ **3** 山の 中に 湖が あります。

1 うみ　　　　　　　2 みずうみ

3 みなと　　　　　　4 いけ

譯〉山中有一座湖。
　　1 海　　　　　　　2 湖
　　3 港　　　　　　　4 池

□ **4** 小学生 以下は お金を はらわなくて いいです。

1 いか　　　　　　　2 いじょう

3 まで　　　　　　　4 した

譯〉學齡前兒童不必付費。
　　1 以下　　　　　　2 以上
　　3 到　　　　　　　4 下

　　　　　　　　　　　　　　　　　　　　　　　　　　答案 (2)

森＝シン／もり。例句：

森林（森林）

選項1林。選項3家。選項4木。

解題2　　　　　　　　　　　　　　　　　　　　　　　　　　答案 (1)

半＝ハン／なか‐ば。例句：

６時半（六點半）

半年後に帰国します。（半年後回國）

分＝フン・ブ・ブン／わ‐かる・わ‐かれる・わ‐ける。例如：

５時５分（五點五分）、５時10分（五點十分）

風邪は大分よくなった。（感冒已經好很多了）

自分（自己）

解題3　　　　　　　　　　　　　　　　　　　　　　　　　　答案 (2)

湖＝コ／みずうみ。例句：

琵琶湖は日本で一番大きい湖です。（琵琶湖是日本第一大湖）

選項1海。選項3港。選項4池。

解題4　　　　　　　　　　　　　　　　　　　　　　　　　　答案 (1)

以＝イ。例句：

毎晩３時間以上勉強しています。（每天晚上念書三個小時以上）

彼はコーヒー以外飲みません。（他不喝咖啡以外的飲料）

下＝カ・ゲ／した・さ‐げる・さ‐がる・くだ‐る・くだ‐さる・
お‐ろす・お‐りる。例如：

地下（ちか／地下）、地下鉄（ちかてつ／地下鐵）、上下（じょうげ／上
下）、机の下（つくえのした／桌子底下）

頭を下げます（低頭）、熱が下がります（退燒）

船で川を下ります。（搭船順流而下）

この本は先生が下さったものです。（這本書是老師送給我的）

棚から荷物を下ろします。（把行李從櫃子上拿下來）

山を下ります。（下山）

特殊念法：下手（笨拙）

A：日本語が上手になりましたね。（你的日語變好了耶）

B：いいえ、まだ下手ですよ。（沒有啦，程度還是很差啦）

□ **5** <ruby>安全<rt>あんぜん</rt></ruby>な ところで あそびます。

1 あんしん

2 あんぜん

3 かんぜん

4 かんしん

譯 在安全的地方玩耍。
1 安心　　　　2 安全
3 完全　　　　4 關心

□ **6** <ruby>何度<rt>なんど</rt></ruby>も <ruby>失敗<rt>しっぱい</rt></ruby> しました。

1 しつぱい

2 しっはい

3 しっぱい

4 しつはい

譯 我失敗了無數次。
1 Ｘ　　　　2 Ｘ
3 失敗　　　4 Ｘ

□ **7** <ruby>自分<rt>じぶん</rt></ruby>の <ruby>意見<rt>いけん</rt></ruby>を <ruby>言<rt>い</rt></ruby>います。

1 いみ

2 いげん

3 かんじ

4 いけん

譯 說出自己的意見。
1 意思　　　　2 威嚴
3 感覺　　　　4 意見

□ **8** <ruby>明日<rt>あした</rt></ruby>から <ruby>旅行<rt>りょこう</rt></ruby>に <ruby>行<rt>い</rt></ruby>きます。

1 りゅこう

2 りょこお

3 りょこう

4 りよこ

譯 從明天開始要去旅行了。
1 Ｘ　　　　2 Ｘ
3 旅行　　　4 Ｘ

□ **9** エレベーターの <ruby>前<rt>まえ</rt></ruby>の <ruby>白<rt>しろ</rt></ruby>い ドアから <ruby>入<rt>はい</rt></ruby>って ください。

1 みぎ

2 まえ

3 ひだり

4 うしろ

譯 請從電梯前的白色大門進入。
1 右邊　　　　2 前面
3 左邊　　　　4 後面

(解題) **5**　　　　　　　　　　　　　　　　　　　　　　　　(答案) **(2)**

安＝アン／やす‐い。例句：

安心しました。（放心了）

この店は安いです。（這家店很便宜）

全＝ゼン／まった‐く。例句：

テストは全部できました。（考試全部答對了）

フランス語は全然分かりません。（完全不懂法文）

(解題) **6**　　　　　　　　　　　　　　　　　　　　　　　　(答案) **(3)**

失＝シツ／うしな‐う。例句：

お先に失礼します。（我先走一步了）＜先離開時的招呼語＞

敗＝ハイ／やぶ‐れる。例句：

勝者と敗者（贏家與輸家）

雖然「失」是「シツ」的漢字、「敗」是「ハイ」的漢字，但請注意，當兩字合在一起時並不是「シツハイ」，而是「シッパイ」。

(解題) **7**　　　　　　　　　　　　　　　　　　　　　　　　(答案) **(4)**

意＝イ。例句：

飲み物を用意します。（準備飲料）

見＝ケン／み‐る・み‐える・み‐せる。例句：

工場を見学します。（去參觀工廠）

パンダを見たことがありますか。（你看過熊貓嗎？）

部屋の窓から富士山が見えます。（從房間窗口可以望見富士山）

学生証を見せてください。（請出示學生證）

選項１是「意味／意思」。

(解題) **8**　　　　　　　　　　　　　　　　　　　　　　　　(答案) **(3)**

旅＝リョ／たび

行＝コウ、ギョウ／い‐く・ゆ‐く・おこな‐う

テキストの１２行目を読んでください。（請念課本第十二行）

公園に行きましょう。（我們去公園吧！）

(解題) **9**　　　　　　　　　　　　　　　　　　　　　　　　(答案) **(2)**

前＝ゼン／まえ。例如：

午前（早上）、前回（上次）、前後（前後）

３日前（三天前）、前の席（前面的座位）

選項１右（右邊）。選項３左（左邊）。選項４後ろ（後面）。

前⇔後（前⇔後）　　前⇔後ろ（前面⇔後面）

翻譯與解題

◎問題2　以下詞語應為何？請從選項1・2・3・4中選出一個最適合填入＿＿＿
　　　　的答案。

□ **10** かれは　<u>とおい</u>　国から　来ました。

1　遠い　　　　　　2　近い

3　遠い　　　　　　4　赿い

譯〉他是從遠方的國家來的。
　　　1　遠　　　　2　近
　　　3　X　　　　4　X

□ **11** 白い　<u>かみ</u>に　字を　かきます。

1　糸　　　　　　　2　紙

3　氏　　　　　　　4　終

譯〉我在白色的紙上寫字。
　　　1　線　　　　2　紙
　　　3　氏　　　　4　終

□ **12** <u>おいわい</u>の　てがみを　もらいました。

1　お祝い　　　　　2　お祝い

3　お社い　　　　　4　お祝い

譯〉我收到了一封祝賀信。
　　　1　X　　　　2　X
　　　3　X　　　　4　祝賀

□ **13** あには　新しい　薬の　<u>けんきゅう</u>を　して　います。

1　研急　　　　　　2　䂂究

3　研究　　　　　　4　䂂急

譯〉我哥哥從事研究新藥的工作。
　　　1　X　　　　2　X
　　　3　研究　　　4　X

遠＝エン／とお‐い。例如：

遠足（郊遊）

遠くに山が見えます。（可以看見遠處的山）

※ 遠い⇔近い（遠⇔近）

選項 2 近（キン／ちか‐い）

(解題)**11** 答案 **(2)**

紙＝シ／かみ。例如：

新聞紙（報紙）

折り紙（摺紙手工藝）

選項 1 糸（シ／いと）

選項 3 氏（シ／うじ）

例如：

山本氏（山本先生）、氏名（姓名）、彼氏がいます。（我有男朋友）

選項 4 終（シュウ／お‐わる・お‐える）

(解題)**12** 答案 **(4)**

祝＝シュク・シュウ／いわ‐う。例句：

国民の祝日（國民的節日）

友人の誕生日を祝う。（慶祝朋友生日）

姉に結婚のお祝いを贈った。（送了姐姐結婚賀禮）＜「お祝い」是名詞＞

(解題)**13** 答案 **(3)**

研＝ケン／と‐ぐ

究＝キュウ／きわ‐める

急＝キュウ／いそ‐ぐ。例句：

急いで帰りましょう。（趕緊回家吧）

☐ **14** やっと しごとが <u>おわりました</u>。

1 終りました　　　　　　2 終はりました

3 終わいました　　　　　4 終わりました

譯〉終於把工作完成了。

1 X　　　　　2 X

3 X　　　　　4 完成了

☐ **15** おいしい パンを <u>かって</u> きました。

1 買って　　　　　　2 売って

3 勝って　　　　　　4 変って

譯〉我來買好吃的麵包了。

1 買進　　　　　2 賣出

3 勝過　　　　　4 改變

終＝シュウ／お‐わる・お‐える。例句：

終電は 23 時 40 分です。（末班車是晚上 11 點 40 分）

この番組は今月で終わります。（這個節目這個月就要完結了。）

記住"送假名"吧！

"送假名"是指漢字後面接的平假名。

例如「終」，漢字的讀音是「お」，而送假名則是「わる」。即使讀音相同，
也可能會有送假名不同的漢字，請多加注意。

かえる→・帰る（かえ‐る）

変える（か‐える）

おこる→・怒る（おこ‐る）

起こる（お‐こる）

以下是容易記錯的送假名，也請一起記下來吧！

行う（舉行）→おこな‐う

驚く（驚訝）→おどろ‐く

短い（短）→みじか‐い

買＝バイ／か‐う。例句：

駅で切符を買います。（在車站買車票）

スーパーで買い物をしました。（在超市購物）

選項 2 売（バイ／う‐る）。選項 3 勝（ショウ／か‐つ）。

選項 4 変（ヘン／か‐える・かわ‐る）。

翻譯與解題

◎問題3 （ ）中的詞語應為何？請從選項1・2・3・4中選出一個最適合填入（ ）的答案。

□ **16** かさが ないので、雨（あめ）が （ ）まで 待（ま）ちましょう。

1 かたまる 2 とまる

3 ふる 4 やむ

譯〉因為沒帶雨傘，我們就等雨（停）吧！
1 凝固 2 停止
3 降下（雨） 4 （雨）停歇

□ **17** にゅういんちゅうの 友（とも）だちの （ ）に いきました。

1 おみやげ 2 おみまい

3 おれい 4 おつり

譯〉我去（探望）一位正在住院的朋友。
1 土產 2 探望
3 謝禮 4 找零

□ **18** おとうとが 小学校（しょうがっこう）に （ ）しました。

1 にゅういん 2 にゅうがく

3 ひっこし 4 そつぎょう

譯〉弟弟（上）小學了。
1 住院 2 入學
3 搬家 4 畢業

□ **19** うみの そばの ホテルを （ ）しました。

1 よやく 2 よしゅう

3 あいさつ 4 じゆう

譯〉我（預約）了濱海的飯店。
1 預約 2 預習
3 招呼 4 自由

"雨"是「雨が降る/下雨」「雨が止む/雨停」的雨。因為考量到題目中的「かさがないので/因為沒帶雨傘」，所以可知答案是「雨が止むまで/（等）到雨停」。

選項1固まる（凝固）。例句：

このお菓子は冷やすと固まります。（這種點心冷凍後會凝固）

選項2止まる（停止）。例句：

この時計は止まっています。（這個時鐘停止轉動了）

選項3降る（降下）。例句：

雪が降っています。（正在下雪）

解題**17** 答案 **(2)**

去探望生病或受傷的人稱為「お見舞いに行く/去探病」，也可以説「お見舞いする/探病」。

選項1お土産（伴手禮）是指去旅行或去別人家拜訪時送給別人的禮物。例句：

これは京都のお土産です。（這是京都的伴手禮）

選項4おつり（找零）是指買東西時，店員將多付的錢找回來的零錢。例句：

A：「コーヒーは1杯400円です。千円払ったら、おつりはいくらですか。／咖啡一杯四百元。如果付了一千元鈔票，會找回多少零錢？」

B：「600円です。／六百圓」

解題**18** 答案 **(2)**

因為題目中提到「小学校に/（上）小學」，也就是進入學校（成為該校的學生）的意思，所以要選「入学/入學」。

選項1入院（住院）。選項3引っ越し（搬家）。選項4卒業（畢業）。

入学する⇔　卒業する（入學⇔畢業）

解題**19** 答案 **(1)**

「予約/預約」是指事先約定。例句：

飛行機は窓側の席を予約しました。（預約靠近窗戶的飛機座位）。

選項2予習（預習）是指在下次上課前先自己讀過一遍。

選項3挨拶（招呼）。例句：

大きな声で挨拶しましょう。（大聲打招呼）

選項4自由（隨意）。例句：

思ったことを自由に話してください。（無論你想到什麼都請隨意發言）

□ **20** へやを　（　　　）、　きれいに　しましょう。

1　かたづけて　　　　　　　2　すてて

3　さがして　　　　　　　　4　まぜて

譯〉（整理）房間，好讓房間變得整潔吧！
　　1　整理　　　　　　　　2　丟棄
　　3　找尋　　　　　　　　4　混合

□ **21** 英語が　話せるように　なったのは、（　　　）です。

1　さいしょ　　　　　　　　2　さいきん

3　さいご　　　　　　　　　4　さいしゅう

譯〉我能夠開口說英語是（最近）的事。
　　1　最初　　　　　　　　2　最近
　　3　最後　　　　　　　　4　最終

□ **22** みんなで、山に　木を（　　　）。

1　いれました　　　　　　　2　まきました

3　うちました　　　　　　　4　うえました

譯〉（種植了）樹木。
　　1　放入了　　　　　　　2　播種了
　　3　打擊了　　　　　　　4　種植了

「片付ける／整理」是指整理物品。題目的「部屋を片付ける／整理房間」是指把書放回書架、把衣服收進衣櫃等使房間變整潔的事。例句：

使ったはさみは引き出しに片付けてください。（請把用過的剪刀收到抽屜裡）

選項 2「（ゴミを）捨てる／丟（垃圾）」　⇔　「拾う／撿拾」

選項 3「（失くした本を）探す／翻找（弄丟的書）」

選項 4「（卵をよく）混ぜる／（好好）攪拌（雞蛋）」

「最近」是指剛過去沒多久的一段時間。例句：

Ａ：最近、田中さんに会いましたか。（你最近見過田中小姐嗎？）

Ｂ：はい、先週会いました。（有，上星期遇到她。）

Ｃ：いいえ、最後に会ったのは 2 年前です。（沒有，最後一次見到她已經是兩年前了。）

説話者如果表達的是「近い過去／很近的過去」，那麼實際時間也可以長一點。

選項 1 最初（最初）是一剛開始的意思。　⇔　最後（最後）、最終（最終）。例句：

まっすぐ行って、最初の角を右に曲がります。（直走，然後在第一個轉角右轉）

因為題目有「山に木を／在山裡（種植）樹木」，所以要選「植える／種植」。例句：

池の周りに桜の木が植えてあります。（水池周圍種著櫻花樹）

選項 1「（かばんに本を）入れます。／（把書）放進（包包）」

選項 2「（花の種を）蒔きます／播種（花的種子）」

　　　　「（庭に水を）撒きます／（在庭院）撒（水）」

　　　　「（メールを）打ちます／繕打（電子郵件）」

□ **23** かいじょうに　人が　（　　　）　あつまって　きました。

1　つるつる　　　　　　　2　どんどん

3　さらさら　　　　　　　4　とんとん

譯〉群眾（漸漸）聚集到了會場內。
　　1　光滑　　　　　　2　漸漸
　　3　乾爽　　　　　　4　順利

□ **24** この　中から　ひとつを　（　　　）　ください。

1　えらんで　　　　　　　2　あつめて

3　くらべて　　　　　　　4　して

譯〉請從這裡面（選擇）一個。
　　1　選擇　　　　　　2　收集
　　3　比較　　　　　　4　做

解題 **23**   答案 **(2)**

「どんどん／漸漸」表示事情漸入佳境的樣子。例句：
たくさんありますから、どんどん食べてください。（東西還很多，請盡量
多吃點）。例句：
世界の人口はどんどん増えている。（世界上的人口逐漸增加了）
選項1 つるつる（光滑）。選項3 さらさら（乾爽）。選項4 とんとん（順
利）。

解題 **24**   答案 **(1)**

接在「ひとつを／一個」後面的是「選ぶ／選擇」。「この中から／這之中」
可以理解為「たくさんの選択肢の中から／從很多選項之中」。例句：
正解を選ぶ。（選出正確答案）、くつ屋でくつを選ぶ。（在鞋店選鞋子）
選項2「（たくさんのものを）集める／收集（很多東西）」。例句：
木の実を集める。（收集樹木的果實）、切手を集める。（收集郵票）
選項3「（２つ以上のものを）比べる／比較（兩個以上的物品）」。例句：
兄と弟を比べる。（比較哥哥和弟弟）
去年と今年の東京の天気を比べる。（比較去年和今年的東京天氣）
選項4因為「ひとつをする／選一個」的意思不明確，所以不正確。

◎問題4　選項中有和＿＿＿意思相近的句子。請從選項1・2・3・4中選出一個
　　　　最適合的答案。

□ **25** でんしゃが　えきを　しゅっぱつしました。

　　1　でんしゃが　えきに　とまりました。

　　2　でんしゃが　えきを　出ました。

　　3　でんしゃが　えきに　つきました。

　　4　でんしゃが　えきを　とおりました。

　　譯〉電車從車站出發了。
　　　　1　電車停在車站了。
　　　　2　電車開出車站了。
　　　　3　電車到站了。
　　　　4　電車經過車站了。

□ **26** りょこうの　けいかくを　立てて　います。

　　1　りょこうに　行く　よていは　ありません。

　　2　りょこうに　行くと　きいて　います。

　　3　りょこうに　行った　ことを　おもいだして　います。

　　4　りょこうの　よていを　かんがえて　います。

　　譯〉正在擬定旅行計畫。
　　　　1　沒打算去旅行。　　　2　聽說要去旅行。
　　　　3　想起了旅行的回憶。　4　正在構思旅行計畫。

□ **27** おたくは　どちらですか。

　　1　あなたは　どこに　行きたいのですか。

　　2　あなたの　いえに　行っても　いいですか。

　　3　あなたの　いえは　どこですか。

　　4　あなたに　ききたい　ことが　あります。

　　譯〉請問貴府在哪裡呢？
　　　　1　你想去哪裡？　　　2　我可以去你家嗎？
　　　　3　你家在哪裡呢？　　4　我有件事想請教你。

解題**25**　　　　　　　　　　　　　　　　　　　　　　　　　　答案 **(2)**

「（場所）を出発する／從（地點）出發」和「（場所）を出る／離開（地
點）」意思相同。

選項1止まる（停止）。選項3着く（抵達）。選項4通る（通過）。

解題**26**　　　　　　　　　　　　　　　　　　　　　　　　　　答案 **(4)**

「計画を立てる／訂定計畫」和「予定を考える／考慮計畫」意思相同。「計
画／計畫」或「予定／預定」應選「立てる／訂定」這個動詞。

因為選項1是沒有訂定計畫，所以不正確。

選項2「〜と聞いている／聽説」表示傳聞。和「旅行に行くそうです／聽
説要去旅行」意思相同。

因為選項3是「思い出している／想起了」，而這是去旅行之後會説的話。

解題**27**　　　　　　　　　　　　　　　　　　　　　　　　　　答案 **(3)**

「お宅／您、府上」是「あなた／你」或「あなたの家／你家」的尊敬語。

「どちら／哪個」是「どれ／哪裡」或「どこ／哪個」等等的鄭重説法。

□ **28** テレビが　こしょうして　しまいました。

　　1　テレビが　なく　なって　しまいました。

　　2　テレビが　みられなく　なって　しまいました。

　　3　テレビが　かえなく　なって　しまいました。

　　4　テレビが　きらいに　なって　しまいました。

　訳〉電視故障了。
　　　1　電視不見了。　　　　　　　　2　電視不能看了。
　　　3　我不能買電視了。　　　　　　4　電視變乾淨了。

□ **29** あねは、とても　うまく　うたを　うたいます。

　　1　あねは、とても　じょうずに　うたを　うたいます。

　　2　あねは、とても　たのしそうに　うたを　うたいます。

　　3　あねは、とても　たかい　こえで　うたを　うたいます。

　　4　あねは、とても　うるさく　うたを　うたいます。

　訳〉我姐姐唱歌非常好聽。
　　　1　我姐姐對唱歌很拿手。　　　2　我姐姐很開心的唱歌。
　　　3　我姐姐用高亢的聲音唱歌。　4　我姐姐鬼吼亂唱一通。

因為「故障してしまった／故障了」的電視就是「見られなくなる／變得不能看了」，所以選項2正確。

「故障してしまった／故障了」的「～てしまう」是表達惋惜的説法。「見られなくなる／不能看了」是在「見る／看」的可能型「見られる／可以看」的否定型「見られない／不能看」後面接上「～くなる／變得」，表示變化。和「見ることができない／不能看＋ようにな（る）／變得＋ってしまった」相同。

形容詞～くなる（變得～）。

寒くなる（變冷）

形容動詞～になる（變得～）。

便利になる（變得方便）

名詞～になる（變得～）。

大人になる（長大成人）

動詞、可能動詞、形容詞的否定形～なくなる（變得不～）。例句：

分からなくなる（不知道）　勉強しなくなる（不念書了）

食べられなくなる（吃不下了）

おいしくなくなる（不好吃）

形容動詞、名詞的否定形～ではなくなる、～じゃなくなる／變得不～。例句：

安全ではなくなる（變得不安全）

休みじゃなくなる（不休假了）

「うまく」（形容詞）和「上手に」（形容動詞）的意思相同。

「うまい」可以表示「おいしい／好吃」和「上手だ／擅長」兩種意思。

◎問題5 關於以下詞語的用法，請從選項1・2・3・4中選出一個最適合的答案。

□ **30 つれる**

1 かばんを <u>つれて</u> きょうしつに はいりました。

2 先生を <u>つれて</u> べんきょうを しました。

3 犬を <u>つれて</u> さんぽを しました。

4 ごみを <u>つれて</u> すてました。

譯〉帶
  1 我帶包包進入教室了。   2 我帶著老師學習了。
  3 我帶狗狗去散步。   4 我帶垃圾去丟了。

□ **31 あんない**

1 何回も よんで、その ことばを <u>あんない</u>しました。

2 パソコンで その いみを <u>あんない</u>しました。

3 あなたに いもうとを <u>あんない</u>します。

4 大学の 中を <u>あんない</u>しました。

譯〉導覽
  1 讀了好幾次，終於導覽了那個單字。
  2 用電腦導覽這個意思。
  3 向你導覽我妹妹。
  4 陪同他人導覽大學校園。

□ **32 そだてる**

1 大きな たてものを <u>そだてました</u>。

2 子どもを きびしく <u>そだてました</u>。

3 にわの 花に 水を <u>そだてました</u>。

4 はたらいて お金を <u>そだてました</u>。

譯〉教育
  1 教育了一座建築。
  2 嚴格的教育孩子。
  3 用水教育庭院裡的花。
  4 工作教育錢。

這個句子是在「私は散歩をしました／我去散步了」中加上「犬を連れて／帶狗」。「連れる／帶」表達某人攜伴或是攜帶寵物的狀況。

選項1「（私は）〜を連れて／我帶〜」中的「〜」（目的語）應填入人物或動物。因為「かばん／包包」是物品，這種情況若說「かばんを持って／攜帶包包」則正確。

選項2「（私は）〜を連れて／我帶〜」後面的動詞（述語）應連接表達狀態的「いる／在、立っている／站著」等等，或是表示移動的「行く、帰る、散歩する／去、回去、散步」。因為「勉強する／念書」並非表達移動的動詞，所以不正確。如果題目為「先生と一緒に／和老師一起」則正確。

選項4如果是「ごみを拾って／撿垃圾」或「ごみを集めて／收集垃圾」則正確。

正確句子是「（私はＡさんに）大学の中を案内しました／（我帶Ａ小姐）遊覽大學校園」。這裡的「案内する／嚮導」是帶某人認識某地的意思。

例句：

駅までの道を案内した。（我告訴她去車站的道路）

選項1理解しました（理解了）。選項2調べました（調查了）。選項3紹介しました（介紹了）。

「育てる／養育」是指照顧人或動植物長大的意思。例句：

私は子供を5人育てました。（我養育了五個孩子）

庭でトマトを育てています。（在庭院裡栽種番茄）

選項1建てました（建造了）。選項3やりました（做了）。

選項4もらいました（得到了）。

□ **33 やわらかい**

1 <u>やわらかい</u>　ふとんで　ねました。

2 <u>やわらかい</u>　べんきょうを　しました。

3 <u>やわらかい</u>　川が　ながれて　います。

4 <u>やわらかい</u>　山に　のぼりました。

譯〉柔軟

　　1　蓋著柔軟的棉被睡了。
　　2　念柔軟的書。
　　3　柔軟的河川正在流動。
　　4　爬柔軟的山。

□ **34 おる**

1　パンを　おさらに　<u>おりました</u>。

2　木の　えだを　<u>おりました</u>。

3　ちゃわんを　おとして　<u>おって</u>　しまいました。

4　せんたくした　シャツを　<u>おって</u>、かたづけました。

譯〉折斷

　　1　把麵包折斷到盤子上。
　　2　把樹木的枝枒折斷了。
　　3　碗掉到地上，折斷了。
　　4　把洗好的襯衫折斷，整理好了。

(解題)**33**　　　　　　　　　　　　　　　　　　　　　　　(答案)**(1)**

「柔らかい／柔軟」是表達物品的性質或狀態的形容詞。柔軟的物品是指像麵包、毛衣等容易彎曲的物體。另外，想讚美他人思想不受拘束時可以說「彼は頭が柔らかい／他的腦筋真靈活」⇔　堅い（僵固）。

選項2關於「勉強／念書」的形容詞有：簡単な（簡單）⇔難しい（困難）等等。

選項3關於「川／河川」的形容詞有：大きい（大）⇔小さい（小）、太い（粗）⇔細い（細）、長い（長）⇔短い（短）等等。

選項4關於「山／山」的形容詞有：高い（高）⇔低い（低）等等。

(解題)**34**　　　　　　　　　　　　　　　　　　　　　　　(答案)**(2)**

「折る／折」表示施加力量，使物體彎曲或斷裂的動作。可以「折る／折」的物品有紙、鉛筆、骨頭等等。「折り紙／折紙」是指將紙折成花或鳥形狀的日本傳統文化。

選項1「（パンをお皿に）置きました／（把麵包）放在（盤子上）了」

選項2「（茶碗を落として）割って（しまいました）／（碗掉到地上）摔破了」

選項3「（洗濯したシャツを）畳んで、（片付けました）／（把洗好的襯衫）疊起來（整理好）」

◎問題1　以下詞語的平假名為何？請從選項1・2・3・4中選出一個最適合填入＿＿的答案。

□ **1** 早（はや）く　**医者（いしゃ）**に　行（い）った　ほうが　いいですよ。

1　いしや　　　　　　　2　いし

3　いしゃ　　　　　　　4　せんせい

譯〉還是趁早去看醫生比較好哦。
　　1　石匠　　　　　　　　2　意志
　　3　醫生　　　　　　　　4　老師

□ **2** ごご、えいごの　**授業（じゅぎょう）**が　あります。

1　じゅぎょう　　　　　2　こうぎ

3　べんきょう　　　　　4　せつめい

譯〉下午有英文課。
　　1　授課　　　　　　　　2　講義
　　3　唸書　　　　　　　　4　説明

□ **3** **水道（すいどう）**の　みずを　のみます。

1　すいとう　　　　　　2　すいと

3　すうどう　　　　　　4　すいどう

譯〉喝自來水管流出的水。
　　1　水壺　　　　　　　　2　Ｘ
　　3　Ｘ　　　　　　　　　4　水管

□ **4** **会社（かいしゃ）**の　**受付（うけつけ）**に　きて　ください。

1　うけつき　　　　　　2　うけつけ

3　いりぐち　　　　　　4　げんかん

譯〉請來公司的接待處。
　　1　Ｘ　　　　　　　　　2　接待處
　　3　入口　　　　　　　　4　玄關

解題**1**　　　　　　　　　　　　　　　　　　　　答案 (3)

医＝イ

者＝シャ／もの。例如：

参加者（參加者）、技術者（技師）、科学者（科學家）、患者（患者）、悪者（壞人）

私は鈴木という者です。（敝姓鈴木）

解題**2**　　　　　　　　　　　　　　　　　　　　答案 (1)

授＝ジュ／さず‐かる・さず‐ける

業＝ギョウ・ゴウ／わざ

選項2講義（講義）。選項3勉強（念書）。選項4説明（說明）。

請注意念起來的讀音有幾拍。

→「受」、「授」讀音為「ジュ」，一拍。

　「十」、「住」、「重」讀音為「ジュウ」，兩拍。

解題**3**　　　　　　　　　　　　　　　　　　　　答案 (4)

水＝スイ／みず。例句：

水曜日（星期三）、地下水（地下水）

水色（淡藍色）、水着（泳衣）

解題**4**　　　　　　　　　　　　　　　　　　　　答案 (2)

受＝ジュ／う‐かる・う‐ける　　。例句：

行きたかった大学に受かりました。（我考上了心目中第一志願的大學）

就職試験を受ける。（接受就業考試）

付＝フ／つ‐く・つ‐ける。例句：

帽子の付いたコートを買った。（買了附有帽子的大衣）

髪に飾りを付けます。（把髮飾點綴在頭髮上）

友達の買い物に付き合う。（陪朋友去購物）

「受ける」和「付ける」合在一起變成「うけつけ」的念法是特殊念法。

選項3入口（入口）。選項4玄関（玄關）。

□ **5** 夫は　ぎんこうで　はたらいて　います。

1　おとうと　　　　　　　2　おっと

3　あに　　　　　　　　　4　つま

> 譯〉我丈夫在銀行工作。
> 1　弟弟　　　　　　　2　丈夫
> 3　哥哥　　　　　　　4　妻子

□ **6** 大学で　経済の　べんきょうを　して　います。

1　けいさい　　　　　　　2　けいけん

3　けいざい　　　　　　　4　れきし

> 譯〉我在大學研讀經濟學。
> 1　刊登　　　　　　　2　經驗
> 3　經濟　　　　　　　4　歷史

□ **7** わたしには　関係が　ない　ことです。

1　かんけい　　　　　　　2　かいけい

3　かんけ　　　　　　　　4　かいかん

> 譯〉這件事與我無關。
> 1　關係　　　　　　　2　會計
> 3　X　　　　　　　　4　會館、快感

□ **8** 朝　出かける　まえに　鏡を　見ます。

1　かかみ　　　　　　　　2　すがた

3　かお　　　　　　　　　4　かがみ

> 譯〉早上出門前先照鏡子。
> 1　X　　　　　　　　　2　身影
> 3　臉　　　　　　　　4　鏡子

□ **9** かれは　この国で　有名な　人です。

1　ゆうめい　　　　　　　2　ゆめい

3　ゆうかん　　　　　　　4　ゆうめ

> 譯〉他在這個國家是知名人士。
> 1　知名　　　　　　　2　X
> 3　勇敢　　　　　　　4　X

(解題)5 　　　　　　　　　　　　　　　　　　　　(答案)(2)

夫＝フ・フウ／おっと

例如：

夫人（夫人）、夫婦（夫婦）

お年寄りにも使い易いように工夫する。（為了使年長者也能輕鬆使用而下

足了工夫）

夫（丈夫） ⇔ 妻（妻子）

選項1弟（弟弟）。選項3兄（哥哥）。選項4妻（妻子）。

(解題)6 　　　　　　　　　　　　　　　　　　　　(答案)(3)

経＝ケイ・キョウ／へ‐る。例句：

珍しい経験をする。（獲得寶貴的經驗）

済＝サイ／す‐む・す‐ます・す‐ませる。例句：

朝食はパンとコーヒーで済ませた。（早餐用麵包和咖啡解決了）

選項2経験（經驗）。選項4歴史（歷史）。

(解題)7 　　　　　　　　　　　　　　　　　　　　(答案)(1)

関＝カン／せき

係＝ケイ／かかり。例句：

係員に道を聞きます。（向工作人員問路）

※「間」「関」「簡」的讀音都是「かん」。

　　「係」「系」的讀音都是「けい」。

(解題)8 　　　　　　　　　　　　　　　　　　　　(答案)(4)

鏡＝キョウ／かがみ

※「眼鏡」是特殊念法

選項2姿（身姿）。選項3顔（臉）。

(解題)9 　　　　　　　　　　　　　　　　　　　　(答案)(1)

有＝ユウ・ウ／あ‐る

名＝メイ・ミョウ／な。例句：

参加者は25名です。（參加的人有25位）

名字を平仮名で入力してください。（姓名請用平假名輸入）

平仮名、片仮名、送仮名等等的特殊念法。

◎問題2　以下詞語應為何？請從選項1・2・3・4中選出一個最適合填入＿＿＿
的答案。

□ **10** 二つの　はこの　大きさを　くらべて　みましょう。

1　北べて　　　　　2　比べて

3　並べて　　　　　4　卍べて

譯〉比較兩個箱子的大小。
1　X　　　　2　比較
3　大體上　　4　X

□ **11** 母は　近くの　スーパーで　しごとを　して　います。

1　任事　　　　　　2　士事

3　仕事　　　　　　4　仟事

譯〉媽媽在附近的超市上班。
1　X　　　　2　X
3　工作　　　4　X

□ **12** かった　本を　さいしょから　読みました。

1　最初　　　　　　2　先初

3　最始　　　　　　4　最初

譯〉從頭開始讀了這本買來的書。
1　X　　　　2　X
3　X　　　　4　一開始

□ **13** ここに　ごみを　すてないで　ください。

1　拾て　　　　　　2　捨て

3　放て　　　　　　4　落て

譯〉請不要在這裡丟垃圾。
1　撿拾　　　2　丟棄
3　放出　　　4　X

解題 **10**　　　　　　　　　　　　　　　　　　　　　答案 **(2)**

比＝ヒ／くら - べる。例句：

去年と今年の雨の量を比べる。（比較去年和今年的雨量）

選項 1 北（ホク／きた）。選項 3 並（ヘイ／なみ・なら - ぶ・なら - べる）。

選項 4 沒有這個字。

解題 **11**　　　　　　　　　　　　　　　　　　　　　答案 **(3)**

仕＝シ／つか - える。例句：

コピーの仕方が分かりません。（不知道該怎麼複製／影印）

事＝ジ／こと。例句：

大事な用があります。（有重要的事）、お大事に。（請多保重）

これから言う事をメモしてください。（請將我接下來說的話抄寫下來）

解題 **12**　　　　　　　　　　　　　　　　　　　　　答案 **(4)**

最＝サイ／もっと - も。例句：

最後の人は電気を消してください。（最後離開的人請把電燈關掉）

最近気になったニュースは何ですか。（你最近關心的新聞是什麼？）

初＝ショ／はじ - め・はじ - めて・はつ・うい・そ - める。例句：

初めに、社長から挨拶があります。（首先，從總經理開始致詞）

この映画は、初めて見ました。（第一次看這部電影）

最初（首先）　⇔　最後（最後）

解題 **13**　　　　　　　　　　　　　　　　　　　　　答案 **(2)**

捨＝シャ／す - てる

捨てる（捨棄）　⇔　拾う（撿拾）

選項 1 拾（シュウ／ひろ - う）。

選項 3 放（ホウ／はな - す・はな - れる）。選項 4 落（ラク／お - ちる・お -

とす）。

□ **14** 毎朝、<u>つめたい</u> 水で 顔を あらいます。

　　1 冷い　　　　　2 冷たい

　　3 令い　　　　　4 令たい

　　譯〉每天早上都用（冷）水洗臉。
　　　　1　X　　　　2　冷
　　　　3　X　　　　4　X

□ **15** 子どもは いえの <u>そと</u>で あそびます。

　　1 外　　　　　　2 中

　　3 表　　　　　　4 夕

　　譯〉小孩子在屋（外）玩耍。
　　　　1　外面　　　2　裡面
　　　　3　表面　　　4　X

（解題）**14** 〔答案〕**(2)**

冷＝レイ／つめ - たい・ひ - える・ひ - やす・ひ - やかす・さ - める・さ -
ます。

冷蔵庫（冰箱）

冷えたビールをください。（請給我冰啤酒）

このスープは冷やすとおいしいです。（這個湯冷卻後很好喝）

「冷たい／冷淡的」的送假名為「たい」。

（解題）**15** 〔答案〕**(1)**

外＝ガイ・ゲ／そと・はず - す・はず - れる。例句：

外国（外國）、外国人（外國人）

家の外（家門外）　⇔　家の中（家裡）

国外（國外）　⇔　国内（國內）

選項2中（チュウ／なか）。選項3表（ヒョウ／おもて・あらわ - す・あ
らわれる）。選項4沒有這個字。

◎問題 3　（　　　　）中的詞語應為何？請從選項 1・2・3・4 中選出一個最適合填入（　　　　）的答案。

□ **16** 歩いて　いて、金色の　ゆびわを　（　　　）ました。

1　うり　　　　　　　　2　ひろい

3　もち　　　　　　　　4　たし

　譯〉走著走著就（撿到）了一枚金色的戒指。
　　　　1　賣出　　　　　　　2　撿到
　　　　3　持有　　　　　　　4　添加

□ **17** パソコンの　つかいかたを　（　　　）して　もらいました。

1　けんきゅう　　　　　2　しょうかい

3　せつめい　　　　　　4　じゅんび

　譯〉他向我（說明）了電腦的使用方式。
　　　　1　研究　　　　　　　2　介紹
　　　　3　說明　　　　　　　4　準備

□ **18** せきが　（　　　）ので、すわりましょう。

1　すいた　　　　　　　2　うごいた

3　かえた　　　　　　　4　あいた

　譯〉有（空）位（了），我們坐下吧！
　　　　1　餓了　　　　　　　2　動了
　　　　3　改變了　　　　　　4　空了

□ **19** かいだんから　おちて　（　　　）を　しました。

1　けが　　　　　　　　2　ほね

3　むり　　　　　　　　4　けいけん

　譯〉我從樓梯上摔下去，（受傷）了。
　　　　1　受傷　　　　　　　2　骨頭
　　　　3　勉強　　　　　　　4　經驗

因為題目提到「歩いていて／走著走著」，由此可知題目是指走在路上的時候撿到了戒指。

如果是選項 3「持ちました／持有」，則句子應為「ゆびわを持って、歩きました／拿著戒指走路」，表示「持ちます／拿著」和「歩きます／走路」這兩件事同時並存。

選項 1 的「売りました／販賣」是無法邊走邊做的事。4「たしました／添加」與文意不符。

解題 **17**

答案 (3)

沒有「使い方を準備する／準備用法」這種說法，選項 4 不正確。

因為題目提到「～してもらいました／為我做～」，所以可知是對方為自己做事「してくれた／為我」，因此選項 1「研究／研究」不正確。

選項 3「説明／說明」是指告知對方不清楚的事或不知道的事，這是正確答案。選項 4「紹介／介紹」是指傳達信息。雖然可以說「日本文化を世界に紹介する／向全世界介紹日本文化」等等，但是「パソコンの使い方／電腦的使用方式」用「説明／說明」這個詞較為適切。

解題 **18**

答案 (4)

因為題目中有「（　　）ので、すわりましょう」，表示"座位上沒有人，我們去坐"，這種情況要說「席が空いた／有空位了」。沒有人坐在座位上的時候，應該說「席が空いている／座位空著」。

選項 1「空いた／空著」是指店面或電影院等，整體看起來人很少。

選項 2 如果把「人が動いた／人動了」換成「席が空いた／有空位」、3 把「人が席を替えた／人換位子了」換成「席が空いた／有空位」則正確。

解題 **19**

答案 (1)

因為題目提到「階段から落ちて／從樓梯上摔下來」，所以要選「けがをした／受傷了」。

選項 2「骨／骨頭」受傷的話會說「骨を折った／骨折」。選項 3「無理／勉強」雖然可以說「無理をする／勉強」，但正確用法應為「熱があったが、無理をして働いた／雖然發燒了，但仍然勉強工作」。

選項 4「経験／經驗」用於「大変な経験をした／經歷了千辛萬苦」、「病気を経験した／生過病」等等，會跟說明經歷事件的詞語一起使用。

□ 20 山田さんは 歌が とても （　　　　） ので、 おどろきました。

1 あまい　　　　　　　　2 とおい

3 うまい　　　　　　　　4 ふかい

譯〉山田先生歌唱得非常（好），真令人吃驚。
　　1 甜　　　　　　　　2 遠
　　3 好　　　　　　　　4 深

□ 21 学校に 行くには 電車を （　　　　） なければ なりません。

1 とりかえ　　　　　　　2 のりかえ

3 まちがえ　　　　　　　4 ぬりかえ

譯〉要去學校就必須得（轉乘）火車。
　　1 更換　　　　　　　2 轉乘
　　3 弄錯　　　　　　　4 重新粉刷

□ 22 先生が くると せいとたちは （　　　　） しずかに なりました。

1 はっきり　　　　　　　2 なるべく

3 あまり　　　　　　　　4 きゅうに

譯〉老師一來，學生們突然安靜下來了。
　　1 清楚　　　　　　　2 盡量
　　3 （不）太　　　　　　4 突然

□ 23 どろぼうは けいかんに おいかけられて （　　　　） いきました。

1 なげて　　　　　　　　2 とめて

3 にげて　　　　　　　　4 ぬれて

譯〉小偷在警察的追捕下逃走了。
　　1 投出　　　　　　　2 停止
　　3 逃跑　　　　　　　4 淋濕

(解題)**20**

連接「歌が／歌」的是和「上手だ／擅長」相同意思的「うまい／（唱得）好」。

選項1 甘い（お菓子）／甘甜的（點心）

選項2 遠い（道）／遙遠的（路途）

選項4 深い（池）／很深的（池塘）

「うまい／拿手」是口語用法，不太禮貌。此外，「うまい／美味」的另一個意思是有「おいしい／好吃」。

(解題)**21**

答案 (2)

「乗り換える／轉乘」是指從一種交通工具上下來、再換搭其他交通工具。

例句：

東京駅で中央線に乗り換えます。（在東京站轉乘中央線）

選項1是指因為尺寸不合，所以要更換大尺寸的衣服。

選項3是指因為弄錯時間，所以會議遲到了。

選項4是指將牆壁重新粉刷上色。

(解題)**22**

答案 (4)

這題要選表示「静かに／安靜」下來的樣子的副詞。「急に／突然」表示短時間內情況有很大的變化。

選項1「はっきり／清楚」表示事物明確的樣子。例句：

犯人の姿をはっきり見ました。（我看清楚了犯人的樣子）

嫌ならはっきり断ったほうがいい。（討厭的話就果斷拒絕比較好。）

選項2「なるべく／盡量」是「できるだけ／盡可能地」的意思。後面要接表示意志、希望、請託等等的詞語。

選項3用「あまり／（不）太」的句子最後要接否定型。

(解題)**23**

答案 (3)

小偷被警察追捕時的行動，正確答案是「逃げる／逃跑」。

「追いかける／追趕」是「追う／追」和「かける」的複合動詞，意思是從後方追趕在前方前進的人、物。「追いかけられる」是該詞的被動型。

選項1「（ボールを）投げる／投（球）」。

選項2「（時計を）止める／（時鐘）停止運轉」、「（車を）停める／停（車）」。

選項4「（雨に）濡れる／被（雨）淋濕」。

□ **24** 5階に ある お店には （　　）で 上がります。

1 エスカレーター　　　　2 ストーカー

3 コンサート　　　　　　4 スクリーン

譯〉搭乘手扶梯到五樓的店面。

　　1　手扶梯　　　　　2　跟蹤狂
　　3　音樂會　　　　　4　電影銀幕

選項2ストーカー（跟蹤狂）是犯罪行為者的名稱。

選項3コンサート（音樂會）是指音樂會。

選項4スクリーン（銀幕）是播映電影的銀幕或播放電視的螢幕。

把「エレベーター／電梯」也一起記下來吧！

◎問題 4　選項中有和____意思相近的句子。請從選項 1・2・3・4 中選出一個
最適合的答案。

□ **25** でんしゃは　すいています。

1　でんしゃの　中には　せきが　ぜんぜん　ありません。
2　でんしゃの　中には　すこしだけ　人が　います。
3　でんしゃの　中は　人で　いっぱいです。
4　でんしゃの　中は　空気が　わるいです。

譯〉電車裡很空。
1　電車裡完全沒有空位。
2　電車裡只有少少的人。
3　電車裡人非常多。
4　電車裡空氣很差。

□ **26** 中村さんは　テニスの　初心者です。

1　中村さんは　テニスが　とても　うまいです。
2　中村さんは　テニスを　する　つもりは　ありません。
3　中村さんは　さいきん　テニスを　習いはじめました。
4　中村さんは　テニスが　とても　すきです。

譯〉中村先生是網球的初學者。
1　中村先生的網球打得非常好。
2　中村先生沒有打算打網球。
3　中村先生最近開始學網球了。
4　中村先生非常喜歡網球。

□ **27** 山田さんは　昨日　友だちの　いえを　たずねました。

1　山田さんは　昨日　友だちに　あいました。
2　山田さんは　昨日　友だちに　でんわを　しました。
3　山田さんは　昨日　友だちの　いえを　さがしました。
4　山田さんは　昨日　友だちの　いえに　行きました。

譯〉山田小姐昨天去了朋友家拜訪。
1　山田小姐昨天跟朋友見面了。
2　山田小姐昨天打了通電話給朋友。
3　山田小姐昨天去找了朋友家。
4　山田小姐昨天去了朋友家。

解題 **25**　　　　　　　　　　　　　　　　　　　　　答案 (2)

電車或公共場所等地方用「空いている／空」形容，意思是裡面的人很少。
空いている（空）⇔混んでいる（擁擠）

解題 **26**　　　　　　　　　　　　　　　　　　　　　答案 (3)

「初心者／初學者」是指剛開始學某事的人。

解題 **27**　　　　　　　　　　　　　　　　　　　　　答案 (4)

「たずねる／拜訪、尋找、打聽」可以表示「訪ねる／拜訪」，意思是去和
某人見面，也可以表示「尋ねる／尋找」，意思是尋找、提問。
因為題目提到「友達の家を／朋友家」，所以可知要選「訪ねました／拜
訪」，選項 4 正確。

□ **28** 車^{くるま}は　通行止^{つうこうど}めに　なって　います。

　　1　車^{くるま}だけ　通^{とお}れる　ように　なって　います。

　　2　車^{くるま}を　止^とめて　おく　ところが　あります。

　　3　車^{くるま}は　通^{とお}れなく　なって　います。

　　4　車^{くるま}が　たくさん　通^{とお}って　います。

　　譯〉 禁止車輛通行。

　　　　1　只允許車輛通行。

　　　　2　有可以停車的地方。

　　　　3　車輛無法通過。

　　　　4　車輛正大量通行。

□ **29** わたしは　先生^{せんせい}に　しかられました。

　　1　先生^{せんせい}は　わたしに　「きそくを　まもりなさい」と　言^いいました。

　　2　先生^{せんせい}は　わたしに　「がんばったね」と　言^いいました。

　　3　先生^{せんせい}は　わたしに　「からだに　気^きを　つけて」と　言^いいました。

　　4　先生^{せんせい}は　わたしに　「どうも　ありがとう」と　言^いいました。

　　譯〉 我被老師責罵了。

　　　　1　老師對我説：「請遵守校規！」

　　　　2　老師對我説：「你很努力了呢！」

　　　　3　老師對我説：「保重身體！」

　　　　4　老師對我説：「謝謝你！」

「通行止め／禁止通行」是「通ってはいけない／無法通行」、「通ること
を禁止する／不能通行」的意思。

選項2「車を止めておく／停車」是「駐車する／停車」的意思，所以不正
確。

「叱られる／被責罵」是「叱る／責罵」的被動型。「叱る／責罵」是指要
對方注意缺點、或向對方生氣。“責罵”用於像是父母對孩子、老師對學
生等上對下的關係。

選項1因為老師是説「規則を守りなさい／請遵守規則」，是叮嚀學生多注
意，所以正確。選項2是老師誇獎學生「がんばったね／你很努力了呢！」，
所以不正確。選項3是關心對方健康的問候句。選項4是表達謝意。

翻譯與解題

◎問題5　關於以下詞語的用法，請從選項1・2・3・4中選出一個最適合的答案。

□ **30　こまかい**

1　かのじょは　<u>こまかい</u>　うでを　して　います。

2　ノートに　<u>こまかい</u>　字<ruby>じ</ruby>が　ならんで　います。

3　公園<ruby>こうえん</ruby>で　<u>こまかい</u>　子<ruby>こ</ruby>どもが　あそんで　います。

4　<u>こまかい</u>　時間<ruby>じかん</ruby>ですが、楽<ruby>たの</ruby>しんで　ください。

譯〉細小
　　1　她有很細小的手臂
　　2　細小的字並排在筆記本上。
　　3　細小的孩子在公園裡嬉戲。
　　4　雖然只有細小的時間，請盡情享受。

□ **31　かんたん**

1　ハンバーグの　<u>かんたんな</u>　作<ruby>つく</ruby>り方<ruby>かた</ruby>を　教<ruby>おし</ruby>えます。

2　この　りょうりは　<u>かんたんな</u>　時間<ruby>じかん</ruby>で　できます。

3　あすは　<u>かんたんな</u>　天気<ruby>てんき</ruby>に　なるでしょう。

4　ここは　むかし、<u>かんたんな</u>　町<ruby>まち</ruby>でした。

譯〉簡易
　　1　我來教你漢堡肉的簡易做法。
　　2　這道料理用簡易的時間就能完成。
　　3　明天天氣會變簡易吧。
　　4　這裡以前是一座簡易的城鎮。

□ **32　ほぞん**

1　すぐに　けが人<ruby>にん</ruby>を　<u>ほぞん</u>します。

2　教室<ruby>きょうしつ</ruby>の　かぎは　先生<ruby>せんせい</ruby>が　<u>ほぞんして</u>　います。

3　この　おかしは、れいぞうこで　<u>ほぞんして</u>　ください。

4　その　もんだいは　<u>ほぞん</u>に　なって　います。

譯〉保存
　　1　馬上保存傷患。
　　2　教室的鑰匙由老師保存。
　　3　請把這塊蛋糕放進冰箱保存。
　　4　保存這個問題。

解題30   答案(2)

「細かい／細小」是指形體很小。

可以用於"細かい砂（細沙）、細かい雨（細雨）、野菜を細かく切る（把
蔬菜切碎）"等等。

選項1應改為「細い腕／纖細的手臂」

選項3應改為「小さい子供／年紀小的孩子」

選項4應改為「短い時間／很短的時間」

解題31   答案(1)

「簡単な／簡單」⇔「難しい／困難」

可以從「ハンバーグを作るのは簡単です／作漢堡肉很簡單」、「ハンバー
グは簡単に作ることができます／可以輕鬆作漢堡肉」等句子來思考，「作
る／製作」是否可以接在「簡単な（に）／簡單的」後面。例句：

簡単に説明する（簡單的說明）

簡単な辞書（簡易的字典）

「作り方／做法」是指製作方法。

選項2形容「時間／時間」的形容詞是「短い／短」 ⇔ 「長い／長」

選項3形容「天気／天氣」的形容詞是「よい／好」 ⇔ 「悪い／壞」

選項4形容「町／城鎮」的形容詞是「小さい／小」 ⇔ 「大きい／大」

解題32   答案(3)

「保存／保存」是指沒有改變狀態、繼續持有。例句：

PCに資料を保存します。（把資料儲存在電腦裡）

選項1應改為「けが人を保護する／保護傷者」

選項2應改為「鍵を保管する／保管鑰匙」

選項4應改為「問題を保留にする／擱置這個問題」

□ **33 ひらく**

1　へやを　ひらいて　きれいに　しました。

2　ケーキを　ひらいて　おさらに　入れました。

3　テレビを　ひらいて　ニュースを　見ました。

4　テキストの　15ページを　ひらいて　ください。

譯〉揭開

　　1　揭開房間讓房間變乾淨了。

　　2　把揭開的蛋糕盛到盤子上。

　　3　揭開電視看新聞。

　　4　請揭開課本第十五頁。

□ **34 しばらく**

1　つぎの　電車が　しばらく　来ます。

2　この　雨は　しばらく　やみません。

3　長い　冬が　しばらく　終わりました。

4　きょうの　しあいは　しばらく　まけました。

譯〉暫時

　　1　下一班火車暫時來。

　　2　這場雨暫時不會停。

　　3　漫長的冬天暫時結束。

　　4　今天的比賽暫時輸了。

解題 **33**   答案 **(4)**

「開く／打開」是指打開門、書、電腦、店家等等關閉的事物。

選項1應改為「部屋を掃除して／打掃房間」。

選項2應改為「ケーキを切って／切蛋糕」。

選項3應改為「テレビを点けて／打開電視」。

解題 **34**   答案 **(2)**

「しばらく／暫時」是指短暫的時間，或是稍微長一點的時間。例句：

名前を呼ぶまで、しばらくお待ちください。（叫到名字之前，請暫時在此稍候）

母とけんかをして、しばらく家に帰っていない。（我和媽媽吵架了，暫時不回家了）

選項1應改為「まもなく／不久」。

選項2應改為「ようやく／終於」。

選項4應改為「惜しくも／可惜」。

◎問題1　以下詞語的平假名為何？請從選項1・2・3・4中選出一個最適合填入＿＿的答案。

□ **1** <ruby>月<rt>つき</rt></ruby>が　とても　きれいです。

　　1　はな　　　　　　　　2　つき

　　3　ほし　　　　　　　　4　そら

　　譯〉月亮非常美。
　　　　1　花　　　　　　　　2　月亮
　　　　3　星星　　　　　　　4　天空

□ **2** わたしの　<ruby>妻<rt>つま</rt></ruby>は　がっこうの　<ruby>先生<rt>せんせい</rt></ruby>です。

　　1　おつと　　　　　　　2　まつ

　　3　おっと　　　　　　　4　つま

　　譯〉我妻子是學校的老師。
　　　　1　X　　　　　　　　2　等待
　　　　3　丈夫　　　　　　　4　妻子

□ **3** <ruby>会場<rt>かいじょう</rt></ruby>には　バスで　<ruby>行<rt>い</rt></ruby>きます。

　　1　かいじよう　　　　　2　かいじょお

　　3　かいじょう　　　　　4　ばしょ

　　譯〉將搭乘巴士前往會場。
　　　　1　X　　　　　　　　2　X
　　　　3　會場　　　　　　　4　場所

□ **4** <ruby>世界<rt>せかい</rt></ruby>には　たくさんの　<ruby>国<rt>くに</rt></ruby>が　あります。

　　1　せかい　　　　　　　2　せいかい

　　3　ちず　　　　　　　　4　せえかい

　　譯〉世界上有很多國家。
　　　　1　世界　　　　　　　2　正解
　　　　3　地圖　　　　　　　4　X

（解題）**1**　　　　　　　　　　　　　　　　　　　　　　　　　　　**答案**（2）

月＝ゲツ・ガツ／つき

例如：

月曜日（星期一）、今月（這個月）、先月（上個月）、来月（下個月）、

四月十日（四月十日）、生年月日（出生年月日）、ひと月（一個月）

選項 1 花（花）。選項 3 星（星星）。選項 4 空（天空）。

（解題）**2**　　　　　　　　　　　　　　　　　　　　　　　　　　　**答案**（4）

妻＝サイ／つま。例如：

夫妻（夫妻）

妻（妻子）　⇔　夫（丈夫）

（解題）**3**　　　　　　　　　　　　　　　　　　　　　　　　　　　**答案**（3）

会＝エ・カイ／あ‐う。例如：

会社（公司）、会議（會議）、社会（社會）

場＝ジョウ／ば。例如：

入場（入場）、工場（工廠）、駐車場（停車場）。

場所（場所）、場合（場合）

把意思相近的「場」和「所」的讀音記下來吧！

「会場」的「場」讀音是「ジョウ」，兩拍。

「近所」的「所」讀音是「ジョ」，一拍。

（解題）**4**　　　　　　　　　　　　　　　　　　　　　　　　　　　**答案**（1）

世＝セイ・セ／よ

界＝カイ

請注意「世」的讀音有「セ」和「セイ」兩種。例如：

21 世紀（せいき）

□ **5** <ruby>立派<rt>りっぱ</rt></ruby>な いえが ならんで います。

　　1　りゅうは　　　　　　2　りゅうぱ

　　3　りっは　　　　　　　4　りっぱ

　　譯〉 豪宅林立。
　　　　1　流派　　　　　　2　✕
　　　　3　✕　　　　　　　4　豪華

□ **6** <ruby>母<rt>はは</rt></ruby>の <ruby>力<rt>ちから</rt></ruby>に なりたいと <ruby>思<rt>おも</rt></ruby>います。

　　1　たより　　　　　　　2　りき

　　3　ちから　　　　　　　4　たすけ

　　譯〉 我想成為媽媽的助力。
　　　　1　依靠　　　　　　2　力
　　　　3　力量　　　　　　4　幫忙

□ **7** <ruby>車<rt>くるま</rt></ruby>に <ruby>注意<rt>ちゅうい</rt></ruby>して あるきなさい。

　　1　きけん　　　　　　　2　ちゅうい

　　3　あんぜん　　　　　　4　ちゅうもん

　　譯〉 走路請注意來車。
　　　　1　危險　　　　　　2　注意
　　　　3　安全　　　　　　4　點餐

□ **8** あなたの <ruby>お母<rt>かあ</rt></ruby>さんは <ruby>若<rt>わか</rt></ruby>く <ruby>見<rt>み</rt></ruby>えます。

　　1　わかく　　　　　　　2　こわく

　　3　きびしく　　　　　　4　やさしく

　　譯〉 你母親看起來很年輕。
　　　　1　年輕　　　　　　2　可怕
　　　　3　嚴厲　　　　　　4　溫柔

□ **9** わたしの <ruby>趣味<rt>しゅみ</rt></ruby>は ほしを <ruby>見<rt>み</rt></ruby>る ことです。

　　1　きょうみ　　　　　　2　しゅみ

　　3　きようみ　　　　　　4　しゆみ

　　譯〉 我的嗜好是觀星。
　　　　1　感到興趣　　　　2　嗜好
　　　　3　✕　　　　　　　4　✕

解題**5** 答案 **(4)**

立＝リツ・リュウ／た‐つ・た‐てる
派＝ハ

"立（リツ）"和"派（ハ）"合在一起變成漢字的兩字複合詞時，讀音會變成「りっぱ」。

兩個漢字的詞語，當前面的字結尾音為「チ、ツ、ン」時，後面的字的第一個音若是「ハ行」，就要變為「パ行」，前面的音「チ、ツ」則要變為「ッ（促音）」。例句：

一（イチ）＋ 杯（ハイ）→ 一杯（イッ　パイ）。
発（ハツ）＋ 表（ヒョウ）→ 発表（ハッ　ピョウ）。
散（サン）＋ 歩（ホ）→ 散歩（サンポ）

當前面的結尾音為「ク」時，「ク」則要變為「ッ」。

学（ガク）＋ 校（コウ）→ 学校（ガッコウ）

解題**6** 答案 **(3)**

力＝リキ・リョク／ちから

「（人）の力になる／成為（某人）的助益」意思是「（人）を助ける／幫助某人」。

解題**7** 答案 **(2)**

注＝チュウ／そそ‐ぐ
意＝イ。例句：
パーティーの用意をします。（準備派對）
選項1危険（危險）。選項3安全（安全）。選項4注文（點餐）。

解題**8** 答案 **(1)**

若＝ジャク・ニャク／わか‐い・も‐しくは
選項2恐く（可怕）／怖く（可怕）。選項3厳しく（嚴厲）。
選項4優しく（溫柔）。

解題**9** 答案 **(2)**

趣＝シュ／おもむき
味＝ミ／あじ・あじ‐わう。例句：
スープの味がいい（湯的味道很好）
「趣味」的讀音是「シュミ」，兩拍。
「興味」的讀音是「キョウミ」，三拍。

◎問題2　以下詞語應為何？請從選項１・２・３・４中選出一個最適合填入＿＿＿
　　　　的答案。

□ **10** この　いけは　<u>あさい</u>です。

1　広い^{ひろ}　　　　　　　　　2　低い^{ひく}

3　浅い^{あさ}　　　　　　　　　4　熱い^{あつ}

譯〉這座池塘很淺。
　　　1　廣闊　　　　　　　2　低
　　　3　淺　　　　　　　　4　熱

□ **11** <u>べんとう</u>を　もって　山^{やま}に　行^いきました。

1　弁通　　　　　　　　　2　弁呂

3　便当　　　　　　　　　4　弁当^{べんとう}

譯〉帶著便當去爬山了。
　　　1　X　　　　　　　　2　X
　　　3　X　　　　　　　　4　便當

□ **12** がいこくの　おきゃくさまを　<u>むかえ</u>ます。

1　迎え　　　　　　　　　2　迎え^{むか}

3　迎かえ　　　　　　　　4　迎かえ

譯〉迎接外國貴客。
　　　1　X　　　　　　　　2　迎接
　　　3　X　　　　　　　　4　X

□ **13** ともだちと　あそぶ　<u>やくそく</u>を　しました。

1　約束^{やくそく}　　　　　　　2　約則

3　紙束　　　　　　　　　4　絇束

譯〉我和朋友約好了一起玩。
　　　1　約定　　　　　　　2　X
　　　3　X　　　　　　　　4　X

浅＝セン／あさ‐い

浅い（淺）　⇔　深い（深）

選項1広（コウ／ひろ‐い）　広い（寬廣）　⇔　狭い（狹窄）

選項2低（テイ／ひく‐い）　低い（低）　⇔　高い（高）

選項4熱（ネツ／あつ‐い）　熱い（熱）　⇔　冷たい（冷）

解題**11**　　　　　　　　　　　　　　　　　　　答案 (4)

弁＝ベン

当＝トウ／あ‐たる　あ‐てる

「弁当／便當」是為了要在外用餐，而放進便當盒裡帶著走的食物。關聯詞有「弁当箱／便當盒」「弁当屋／便當店」等。

解題**12**　　　　　　　　　　　　　　　　　　　答案 (2)

迎＝ゲイ／むか‐える

「迎」的送假名是「える」。

「迎える／迎接」這個詞的慣用説法為「迎えに行く／去迎接」「迎えに来る／來迎接」。例句：

友達を空港まで迎えに行きました。（去機場為朋友接機了）。

父が車で迎えに来てくれた。（爸爸開車來接我了）

解題**13**　　　　　　　　　　　　　　　　　　　答案 (1)

約＝ヤク

束＝ソク／たば

選項2寫成了規則的「則」。

選項3寫成了紙（シ／かみ）。

選項4沒有這個字。

□ **14** きょうは　<u>あたらしい</u>　くつを　はいて　います。

　　1　親しい　　　　　2　新しい

　　3　親らしい　　　　4　新らしい

　　譯〉我今天穿新鞋。

　　　　1　親密　　　　2　嶄新

　　　　3　X　　　　　4　X

□ **15** <u>きぬの</u>　ハンカチを　買いました。

　　1　綿　　　　　　　2　麻

　　3　絹　　　　　　　4　縜

　　譯〉我買了一條絲綢手帕。

　　　　1　棉料　　　　2　麻布

　　　　3　絲綢　　　　4　X

解題 14   答案 (2)

新＝シン／あたら‐しい

「新」的送假名是「しい」。例如：

新聞（報紙）、新聞社（報社）、新規作成（新創建）

「親」的念法是シン／おや　した‐しい。例如：

親切な人（親切的人）。

よく似た親子（很相像的父母和孩子）

解題 15   答案 (3)

絹＝ケン／きぬ

選項 1 綿（メン／わた）。選項 2 麻（マ／あさ）。選項 4 沒有這個字。

絹、綿、麻都是表示布的材料的詞語。

翻譯與解題

◎問題3 （　　　　）中的詞語應為何？請從選項1・2・3・4中選出一個最適合填入（　　　）的答案。

□ **16** 私の　家に　きたら　かぞくに　（　　　）します。

　　1　しょうかい　　　　　　2　おれい

　　3　てつだい　　　　　　　4　しょうたい

　譯〉 如果你來我家，就把你（介紹）給我的家人。
　　　 1　介紹　　　　　　　2　謝禮
　　　 3　幫忙　　　　　　　4　招待

□ **17** わたしは　（　　　）を　かえる　ために　かみの　毛を　切りました。

　　1　ことば　　　　　　　　2　きぶん

　　3　くうき　　　　　　　　4　てんき

　譯〉 為了轉換（心情），我把頭髮剪短了。
　　　 1　詞語　　　　　　　2　心情
　　　 3　空氣　　　　　　　4　天氣

□ **18** しあいには　まけましたが、よい　（　　　）に　なりました。

　　1　しゃかい　　　　　　　2　けんぶつ

　　3　けいけん　　　　　　　4　しゅうかん

　譯〉 雖然輸掉了比賽，但獲得了寶貴的（經驗）。
　　　 1　社會　　　　　　　2　觀光
　　　 3　經驗　　　　　　　4　習慣

(解題)**16**　　　　　　　　　　　　　　　　　　　　答案 (1)

選項 2 お礼（謝禮）。選項 3 手伝い（幫忙）。選項 4 招待（招待）。

正確句子是「（あなたが）私の家に来たら（私はあなたを）家族に紹介します／如果（你）來我家，（我）就把（你）介紹給我的家人」。請注意「来たら／來之後」前後的主詞不同。

「家族／家人」在本題的意思是「（私の）家族／（我的）家人」。

選項 1「紹介／介紹」是指處於某人和某人之間，介紹雙方認識。這是正確答案。

選項 2 向家人道謝不合邏輯。

選項 3「手伝い／幫忙」的用法是「（人を）手伝います（動詞）／幫忙（某人）」或「（人の）手伝い（名詞）をします／幫（某人）的忙」。

選項 4「招待／招待」是招待對方來家裡的意思，選項 4 從文意考量不合邏輯。

(解題)**17**　　　　　　　　　　　　　　　　　　　　答案 (2)

請思考剪頭髮之後會改變的東西是什麼。「気分／心情」是指人的情緒。

例句：

今日はいい天気で、気分がいい。（今天天氣真好，心情也跟著好了起來）。

朝から失敗ばかりで、気分が悪い。（今天從早上開始就諸事不順，心情很差）。

お酒を飲み過ぎて、気分が悪い。（喝太多酒了，身體很不舒服）

若選 1「言葉／詞語」或 4「天気／天氣」則與文意不符。

選項 3「空気／空氣」雖然可以用於「空気を変える／改變氛圍」，表示改變了在場的人們的心情，但剪頭髮只會改變自己一個人的心情，因此「気分／心情」較為合適。

(解題)**18**　　　　　　　　　　　　　　　　　　　　答案 (3)

請思考輸了比賽後會有什麼結果。「負けましたが／輸了」中的「が」表示逆接。

雖然輸了比賽是負面的事，但題目的意思是"因為輸了比賽而變得（　　　）是好事"。

「経験／經驗」的例句：

私はアメリカに留学した経験があります。（我擁有留學美國的經歷）

旅行中、珍しい経験をしました。（在旅行途中得到了寶貴的經驗）

選項 2 例句：祖父を東京見物に連れて行く。（帶爺爺去觀光東京）

選項 4 例句：私は朝冷たいシャワーを浴びる習慣があります。（我習慣早上洗冷水澡）

□ **19** わたしが　うそを　ついたので、父は　たいへん　（　　　）。

　　1　おこしました　　　　　　2　よこしました

　　3　さがりました　　　　　　4　おこりました

　　譯〉因為我說了謊，所以爸爸非常（生氣）。

　　　　1　叫醒了　　　　　　　2　寄來了

　　　　3　下降了　　　　　　　4　生氣了

□ **20** 出かける　ときは　部屋の　かぎを　（　　　）　ください。

　　1　つけて　　　　　　　　　2　かけて

　　3　けして　　　　　　　　　4　とめて

　　譯〉離開時請（鎖上）房門。

　　　　1　打開　　　　　　　　2　鎖上

　　　　3　關掉　　　　　　　　4　停止

□ **21** たんじょうびには　妹が　ぼくに　プレゼントを　（　　　）。

　　1　いただきます　　　　　　2　たべます

　　3　もらいます　　　　　　　4　くれます

　　譯〉生日時妹妹（給）我禮物。

　　　　1　收下　　　　　　2　吃

　　　　3　得到　　　　　　4　送

□ **22** りょうしんは　いなかに　（　　　）　います。

　　1　ならんで　　　　　　　　2　くらべて

　　3　のって　　　　　　　　　4　すんで

　　譯〉我的父母（住）在鄉下。

　　　　1　排隊　　　　　　2　比較

　　　　3　乘坐　　　　　　4　居住

(解題)**19**

「嘘をついた／説謊」是説謊話的意思。答案是「怒りました／生氣」。
因為有同音的「起こりました／發生」，請特別注意。選項1「起こしまし
た／叫醒」是「起こりました／發生」的他動詞形。例句：
その時、事故が起こりました。（那時候，意外發生了）
交通事故を起こしてしまいました。（發生了交通事故）

(解題)**20**　　　　　　　　　　　　　　　　　　　　　答案 (2)

用鑰匙「かける／鎖上」或是「閉める／關上」。
鍵をかける／閉める（用鑰匙鎖上）　⇔　鍵を開ける（用鑰匙打開）
選項1電気をつけます（開燈）
選項3電気を消します（關燈）
選項4水道の水を止めます（關掉水龍頭的水）、車を停めます（停車）

(解題)**21**　　　　　　　　　　　　　　　　　　　　　答案 (4)

主詞是「妹／妹妹」。接在「妹が僕にプレゼントを／妹妹（送）我禮物」
之後的是「くれます／送」。
選項1掌握「主語／主詞」的不同。
主詞是「私／我」的情形：あげます　もらいます
主詞是「他者／他人」的情形：くれます
選項2掌握「物の動く方向／物品移動的方向」。
「私／我」→「他者／他人」的情形：もらいます、くれます
「他者／他人」→「私／我」的情形：あげます
「いただきます／收下」是「もらいます／收到」的謙讓語。

(解題)**22**　　　　　　　　　　　　　　　　　　　　　答案 (4)

「田舎／鄉下」⇔　「町／城鎮」、「都会／都市」
接在「田舎に／在鄉下」之後的是「住んで／住」。
選項1應為「（店の前に客が）並んでいます／（店門前客人）正在排隊」。
選項2應為「A店の値段とB店の値段を比べます／比較A店家和B店家的
價格」。
選項3應為「車に乗ります／搭車」。

□ **23** 風が　つよいので、うみには　（　　　　）　ください。

　　1　わすれないで　　　　　　　2　わたらないで

　　3　入らないで　　　　　　　　4　とおらないで

　譯〉由於風勢強勁，請（不要進入）海域。
　　　1　不要忘記　　　　　　2　不要渡過
　　　3　不要進入　　　　　　4　不要通過

□ **24** みせの　前には　じてんしゃを　（　　　　）　ください。

　　1　かたづけて　　　　　　　　2　とめないで

　　3　とめて　　　　　　　　　　4　かわないで

　譯〉請（不要）將腳踏車（停放）在店門口。
　　　1　整理　　　　　　　　2　不要停放
　　　3　停放　　　　　　　　4　不要買

解題 **23**   答案 **(3)**

「海には／進入海」的「に」表示目的地。接在「（場所）に／到（地點）」
後的應是「入ります／進入」。

「には」的「は」表示強調。

選項1應為「（宿題を）忘れます／忘記（作業）」。

選項2應為「（橋を）渡ります／過（橋）」。

選項4應為「（家の前をバスが）通ります／（公車從家門前）經過」。

選項2「～を渡ります／過～」和選項4「～を通ります／經過～」的「を」
表示路線。

解題 **24**   答案 **(2)**

「店の前には／店門口」的「に」表示目的地，「は」表示強調。這句話表
達「他の場所はいい（関係ないが、店の前は）／其他地方沒關係，但店門
口不行」的意思。由此可知應該選擇呼籲大家注意的「停めないで／不要
停」最為適當。

選項1應為「（部屋を）片付けます／整理（房間）」。

選項3應為「（車は駐車場に）停めてください／請把（車）停在（停車
場）」。

選項4應為「（肉は家にありますから）買わないでください／請不要買肉
（因為家裡已經有肉了）」。

◎問題 4 選項中有和＿＿意思相近的句子。請從選項 1・2・3・4 中選出一個
最適合的答案。

□ 25 夕はんの 準備を します。

1 夕はんの 世話を します。

2 夕はんの 説明を します。

3 夕はんの 心配を します。

4 夕はんの 用意を します。

譯〉準備晚餐。
1 照顧晚餐。
2 說明晚餐。
3 擔心晚餐。
4 張羅晚餐。

□ 26 あんぜんな やさいだけを 売って います。

1 めずらしい やさいだけを 売っています。

2 ねだんの 高い やさいだけを 売っています。

3 おいしい やさいだけを 売っています。

4 体に 悪く ない やさいだけを 売っています。

譯〉我們只賣安全無虞的蔬菜。
1 我們只賣珍奇的蔬菜。
2 我們只賣昂貴的蔬菜。
3 我們只賣好吃的蔬菜。
4 我們只賣對身體無害的蔬菜。

□ 27 もっと しずかに して ください。

1 そんなに しずかに しては いけません。

2 そんなに うるさく しないで ください。

3 すこし うるさく して ください。

4 もっと おおきな こえで 話して ください。

譯〉請再安靜一點。
1 不可以這麼安靜。 2 不可以這麼吵。
3 請再吵一點。 4 請再說大聲一點。

（解題）**25**　　　　　　　　　　　　　　　　　　　　　　　　（答案）**(4)**

「準備／準備」和「用意／準備」的意思大致相同。例句：

旅行の準備をします。（為旅行做準備）。

パーティーのために、飲み物を用意しました。（為了派對而準備了飲料）

選項1應為「（小さい弟の）世話をします／照顧（小弟弟）」

選項2應為「（薬の飲み方を）説明します／説明（吃藥的注意事項）」

選項3應為「（外国にいる娘の）心配をします／擔心（住在國外的女兒）」

（解題）**26**　　　　　　　　　　　　　　　　　　　　　　　　（答案）**(4)**

「安全な（食べ物）／安全的（食物）」是指不必擔心吃了會有不良影響的
食物，也就是指沒有過期或沒有添加有害物質的食物，和「体に悪くない／對
身體無害」意思相同。

（解題）**27**　　　　　　　　　　　　　　　　　　　　　　　　（答案）**(2)**

静かな（安靜）　⇔　うるさい（吵雜）

「静かにしてください」和「うるさくしないでください」意思相同。

※ 雖然「静かな／安靜」的相反詞也可以説成「にぎやかな／熱鬧」，但
這是正面的意思。例句：

駅前はお店がたくさんあってにぎやかです。（車站前有很多商店，非常熱
鬧）

□ **28** きゃくを　ネクタイうりばに　あんないしました。

1　きゃくと　いっしょに　ネクタイうりばを　さがしました。

2　きゃくに　ネクタイうりばを　おしえて　もらいました。

3　きゃくは　ネクタイうりばには　いませんでした。

4　きゃくを　ネクタイうりばに　つれていきました。

譯〉我領著顧客到了領帶專櫃。
    1　我和顧客一起找了領帶專櫃。
    2　我向顧客打聽了領帶專櫃的位置。
    3　顧客當時不在領帶專櫃上。
    4　我帶著顧客去去領帶專櫃。

□ **29** 友だちは　わたしに　あやまりました。

1　友だちは　わたしに　「ごめんね」と　言いました。

2　友だちは　わたしに　「よろしくね」と　言いました。

3　友だちは　わたしに　「いっしょに　行こう」と　言いました。

4　友だちは　わたしに　「ありがとう」と　言いました。

譯〉朋友向我道歉了。
    1　朋友向我説了「對不起啦」。
    2　朋友向我説了「請多指教」。
    3　朋友向我説了「一起去吧」。
    4　朋友向我説了「謝謝」。

(解題)**28**　　　　　　　　　　　　　　　　　　　　　　　　(答案) **(4)**
「（場所）を案内します／引導到（地點）」是指 "領著對當地不熟的人前往"。
選項１「一緒に探す／一起找」和「案内する／引導」的意思不同。
選項２如果是「教えました」則正確。

(解題)**29**　　　　　　　　　　　　　　　　　　　　　　　　(答案) **(1)**
因為題目提到「謝りました／道歉」。道歉時會說的語句是「ごめんなさい／對不起」。「ごめんね／對不起啦」是朋友之間或是對比自己地位低的人說的，較隨和的說法。

翻譯與解題

◎問題5　關於以下詞語用法，請從選項1・2・3・4中選出一個最適合的答案。

□ **30 きょうみ**

1　わたしは　うすい　あじが　<u>きょうみ</u>です。

2　わたしは　体が　じょうぶな　ところが　<u>きょうみ</u>です。

3　わたしの　<u>きょうみ</u>は　りょこうです。

4　わたしは　おんがくに　<u>きょうみ</u>が　あります。

[譯] 感到興趣
  1　我對淡的味道感到興趣。
  2　身體強壯是我的感到興趣。
  3　我的感到興趣是旅行。
  4　我對音樂感到興趣。

□ **31 じゅうぶん**

1　あと　<u>じゅうぶん</u>だけ　ねたいです。

2　セーター　1まいでも　<u>じゅうぶん</u>　あたたかいです。

3　これは　<u>じゅうぶん</u>だから　よく　きいて　ください。

4　あれは　日本の　<u>じゅうぶんな</u>　おてらです。

[譯] 足夠
  1　我想再睡足夠。
  2　只要穿一件毛衣就夠暖和了。
  3　因為這個很足夠，請仔細聽。
  4　那是日本足夠的寺廟。

□ **32 とりかえる**

1　つぎの　えきで　きゅうこうに　<u>とりかえます</u>。

2　せんたくものを　いえの　中に　<u>とりかえます</u>。

3　ポケットから　ハンカチを　<u>とりかえます</u>。

4　かびんの　みずを　<u>とりかえます</u>。

[譯] 更換
  1　在下一站更換快車。
  2　把洗好的衣服更換進家裡。
  3　從口袋更換手帕。
  4　更換花瓶裡的水。

「興味／興趣」的用法是「〜に興味があります／對〜有興趣」或「〜に興味を持ちます／抱持著對〜的興趣」。例句：

私は子どもの頃から虫に興味があります。（我從小就對昆蟲有興趣）

選項 1 應為「私は薄い味が好きです／我喜歡清淡的口味」。

選項 2 應為「私は体が丈夫なところがいいところです／我的優點是身體強壯」。

選項 3 應為「私の趣味は旅行です／我的興趣是旅行」。

解題 **31**   答案 (2)

「十分／充分」是 "需要的部分已經足夠了，不需要再更多了" 的意思。讀音是「じゅうぶん」。漢字寫成「充分」也是相同意思。例句：

食べ物は十分あります。（已經有足夠的食物）。

今出れば、2 時の会議に十分間に合いますよ。（現在出門的話，離兩點的會議還有很充裕的時間喔）

選項 1 あと 10 分だけ…（再十分鐘…）指的是時間的長度。讀音是「じゅっぷん」。

選項 3 應為「これは重要だから…／這個很重要…」。

選項 4 應為「日本の有名なお寺です／那是日本知名的寺廟」。

解題 **32**   答案 (4

「取り替える／更換」是指換成其他東西。例句：

買ったズボンが小さかったので、お店で大きいのと取り替えてもらいました。（因為買來的褲子太小了，所以去店裡換了較大的尺碼）

選項 1 應為「急行に乗り換えます／在下一站轉乘快車」。

選項 2 應為「洗濯物を…取り込みます／洗好的衣服…收進家裡」。

選項 4 應為「ハンカチを取り出します／拿出手帕」。

□ **33 うかがう**
1 先生からの　てがみを　うかがいました。
2 先生に　おはなしを　うかがいました。
3 おきゃくさまから　おかしを　うかがいました。
4 わたしは　ていねいに　おれいを　うかがいました。

> 譯〉請教
> 1 從老師那裡請教了信。
> 2 向老師請教過了。
> 3 從顧客那裡請教了點心。
> 4 我恭敬地請教了謝意。

□ **34 うちがわ**
1 へやの　うちがわから　かぎを　かけます。
2 本の　うちがわは　とくに　おもしろいです。
3 うちがわの　おおい　おはなしを　ききました。
4 かばんの　うちがわを　ぜんぶ　だしました。

> 譯〉內側
> 1 從房間內側上鎖。
> 2 書的內側特別有趣。
> 3 我打聽了內側的很多消息。
> 4 我把包包內側的所有東西都拿出來了。

解題 **33**　　　　　　　　　　　　　　　　　　　　　　　　答案 **(2)**

「伺う／請教、拜訪」是「聞く／詢問」「訊く（質問する）／提問」「訪
問する／拜訪」的謙讓語。例句：

では、明日 10 時にお宅に伺います。（那麼，過去拜訪您）

選項 1 應為「手紙を拝見しました／拜讀信件了」。

「拝見する／拜讀」是「見る／看」的謙讓語。

選項 3 應為「お菓子を頂きました／收下了點心」。

「頂く／收下」是「もらう／得到」的謙讓語。

選項 4 應為「お礼を申しました／道謝」。

「申す／說」是「言う／說」的謙讓語。

解題 **34**　　　　　　　　　　　　　　　　　　　　　　　　答案 **(1)**

内側　⇔　外側（內側　⇔　外側）

內側是當某物分為內外時，表示裡面那一側。例句：

箱の内側にきれいな紙を貼ります。（把漂亮的紙貼在箱子裡面）

電車のホームでは白い線の内側に立ちます。（請站在電車月台的白線內側）

極めろ！
日本語能力試験 解説編

新制日檢！絕對合格 N3,N4,N5 單字全真模考三回 + 詳解

JAPANESE TESTING

LEVEL

N3

第一回

言語知識（文字、語彙）

問題1　＿＿＿のことばの読み方として最もよいものを、1・2・3・
　　　　4から一つえらびなさい。

1 友人の手術は成功した。

1　せこう　　　　2　せいこう　　　3　せいきょう　　4　せきょう

2 彼が、給料を計算した。

1　ちゅうりょう　2　ちゅりょ　　　3　きゅうりょう　4　きゅりょお

3 先生が教室に現れる。

1　おもwe れる　2　たわむれる　　3　しのばれる　　4　あらわれる

4 近くの公園で事件が起こる。

1　しけん　　　　2　せけん　　　　3　じけん　　　　4　じこ

5 初めて会った人と握手をした。

1　あいて　　　　2　あくしゅ　　　3　あくし　　　　4　あくしゆ

6 授業に欠席しないようにしよう。

1　けつせき　　　2　けえせき　　　3　けせき　　　　4　けっせき

7 彼女は、遅刻したことがないと自慢した。

1　じまい　　　　2　じまん　　　　3　まんが　　　　4　じけん

8 その警察官は、とても親切だった。

1　けえさつかん　2　けんさつかん　3　けいかん　　　4　けいさつかん

問題2　＿＿＿のことばを漢字で書くとき、最もよいものを、1・2・
　　　　3・4から一つえらびなさい。

9　力の弱い方のグループにみかたした。

　1　見方　　　　　2　三方　　　　　3　診方　　　　　4　味方

10　大事な書類がもえてしまった。

　1　火えて　　　　2　燃えて　　　　3　焼えて　　　　4　災えて

11　ゆうびん局からの荷物が届いた。

　1　郵使　　　　　2　郵仕　　　　　3　郵便　　　　　4　郵働

12　風邪のよぼうのために、うがいをしてマスクをかける。

　1　予紡　　　　　2　予坊　　　　　3　予防　　　　　4　予妨

13　彼はいつでも、もんくばかり言っている。

　1　文句　　　　　2　門句　　　　　3　問句　　　　　4　分句

14　暑さのために、いしきが薄れる。

　1　異識　　　　　2　意識　　　　　3　意職　　　　　4　異職

問題3 （　　）に入れるのに最もよいものを、1・2・3・4から一
　　　つえらびなさい。

15 今から予定を（　　　）しても大丈夫か確かめたいと思う。
1 返信　　　　　2 変更　　　　　3 必要　　　　　4 参道

16 受付時間（　　　　　）で、なんとか間に合った。
1 だらだら　　　2 うろうろ　　　3 みしみし　　　4 ぎりぎり

17 電車の先頭車両には、（　　　）の席がある。
1 運転士　　　　2 介護士　　　　3 栄養士　　　　4 弁護士

18 そのことについては、必ず本人の（　　　　　）をとることが大切だ。
1 確認　　　　　2 丁寧　　　　　3 用意　　　　　4 簡単

19 後片付けについては、（　　　　　）が責任を持ってほしい。
1 注意　　　　　2 意見　　　　　3 各自　　　　　4 全部

20 試合の途中、地震についての（　　　　　）が流れた。
1 スピーチ　　　　　　　　　2 アナウンス
3 ディスカッション　　　　　4 バーゲン

21 相手を（　　　　　）気持ちを大切にする。
1 思いつく　　　2 おめでたい　　3 思い出す　　4 思いやる

22 彼女が来ないので、彼は（　　　　　）して機嫌が悪い。
1 わくわく　　　2 いらいら　　　3 はればれ　　　4 にこにこ

23 外国に行くので、日本のお金をその国のお金に（　　　　　）。
1 たえる　　　　2 求める　　　　3 かえる　　　　4 つくる

問題4 ＿＿＿に意味が最も近いものを、1・2・3・4から一つえら
びなさい。

24 壊れた時計を修理する。
1 すてる　　　　2 直す　　　　　3 人にあげる　4 持っていく

25 同じような仕事が続いたので、あきてしまった。
1 いやになって　　　　　　　2 うれしくなって
3 すきになって　　　　　　　4 こわくなって

26 あの人とは、以前、会ったことがある。
1 明日　　　　2 何度か　　　3 昔　　　　　4 昨日

27 道路に危険なものがあったら、さけて歩いたほうがいい。
1 近づいて　　2 さわいで　　3 遠ざかって　4 見つめて

28 川で流されそうな人を助けた。
1 困った　　　2 急いだ　　　3 見た　　　　4 すくった

問題5　つぎのことばの使い方として最もよいものを、1・2・3・4
　　　　から一つえらびなさい。

29　向ける
　1　時計の針が正午に向けた。
　2　電車がこむ時間を向けて帰宅した。
　3　どうしようかと頭を向ける。
　4　台風はその進路を北に向けた。

30　確かめる
　1　その池は危険なので、確かめてはいけない。
　2　この会社に適した人か、会って確かめたい。
　3　大学の卒業式の後、みんなで先生の家に確かめた。
　4　困っている人を確かめるために話をした。

31　役立てる
　1　私の経験を人のために役立てたい。
　2　風が役立てるということを多くの人が知っていた。
　3　耳を役立てるまでしっかり聞いてください。
　4　彼は、その人に命を役立てられた。

32　招く
　1　少しの不注意で、大きな事故を招いてしまうものだ。
　2　畑に豆の種を招いた。
　3　川の水が増えて木が招かれた。
　4　強風のため、飛行機が招いてしまった。

33 平和
1 平和な電車のために人々は働いている。
2 平和な本があったので、すぐに買った。
3 平和な世界になるように願う。
4 平和な食べ物を食べるようにしたい。

第二回

言語知識（文字、語彙）

問題1 ＿＿＿＿のことばの読み方として最もよいものを、1・2・3・
4から一つえらびなさい。

1 昔、母はとても美人だったそうだ。
　1　ぴじん　　　　2　びしん　　　　3　びじん　　　　4　ぴしん

2 彼は、私と彼女の共通の友人だ。
　1　きょうつう　2　ちょうつう　3　きょおつう　4　きょうゆう

3 先生は生徒から尊敬されている。
　1　そんけい　　2　そんきょう　3　そんちょう　4　そんだい

4 首を曲げる運動をする。
　1　さげる　　　　2　あげる　　　　3　まげる　　　　4　かしげる

5 明後日、お会いしましょう。
　1　めいごにち　2　みょうごにち　3　めいごび　　　4　みょうごび

6 おもしろいテレビ番組に夢中になる。
　1　ぶちゅう　　2　ふちゅう　　3　むちゅう　　4　うちゅう

7 学校での出来事をノートに書いた。
　1　でるきごと　2　できごと　　3　できいごと　4　できこと

8 授業の内容をまとめる。
　1　ないくう　　2　うちがわ　　3　なかみ　　　4　ないよう

問題2 ＿＿＿のことばを漢字で書くとき、最もよいものを、1・2・3・4から一つえらびなさい。

9 彼女はクラスの<u>いいん</u>に選ばれた。

1　医員　　　　　2　医院　　　　　3　委員　　　　　4　委院

10 <u>えいえん</u>に、あなたのことを忘れません。

1　氷延　　　　　2　氷縁　　　　　3　永遠　　　　　4　永塩

11 卒業生に記念の品物が<u>おくられた</u>。

1　憎られた　　　2　僧られた　　　3　増られた　　　4　贈られた

12 地球<u>おんだん</u>化は、解決しなければならない問題だ。

1　温段　　　　　2　温暖　　　　　3　温談　　　　　4　温断

13 今月から、美術館で、<u>かいが</u>の展覧会が開かれている。

1　絵画　　　　　2　会雅　　　　　3　貝画　　　　　4　絵貴

14 試験<u>かいし</u>のベルがなった。

1　開氏　　　　　2　会氏　　　　　3　会始　　　　　4　開始

問題3　（　）に入れるのに最もよいものを、1・2・3・4から一つえらびなさい。

15 現状に（　）するだけでは、進歩しない。
　　1 冷淡　　　　2 希望　　　　3 満足　　　　4 検討

16 とつぜんの事故によって、家族が（　　　）になる。
　　1 きちきち　　2 すべすべ　　3 ばらばら　　4 ふらふら

17 部屋を借りているので、（　）を払わなくてはならない。
　　1 家賃　　　　2 運賃　　　　3 室代　　　　4 労賃

18 今年の（　　　）の色は、紫色です。
　　1 社会　　　　2 文化　　　　3 増加　　　　4 流行

19 このパソコンは台湾（　　　）です。
　　1 製　　　　　2 用　　　　　3 作　　　　　4 産

20 積極的に（　　　）活動に参加する。
　　1 ボーナス　　2 ボランティア　3 ホラー　　　4 ホームページ

21 何度も話し合って、彼のことを（　　　）しようと努力した。
　　1 理解　　　　2 安心　　　　3 睡眠　　　　4 食事

22 泣いている彼女の肩に（　　　）手を置いた。
　　1 どっと　　　2 やっと　　　3 ぬっと　　　4 そっと

23 用事で家を（　　　）いる間に、犬が逃げた。
　　1 ないて　　　2 どいて　　　3 あけて　　　4 せめて

問題4 ＿＿＿に意味が最も近いものを、1・2・3・4から一つえら
びなさい。

24 つくえの上をきれいに整理した。

1 かざった　　　2 やりなおした　3 ならべた　　　4 片づけた

25 台風が近づいて、激しい雨が降ってきた。

1 ひじょうに弱い　　　　　　2 ひじょうに暗い

3 ひじょうに強い　　　　　　4 ひじょうに明るい

26 雨が降り出したので、遠足は中止になった。

1 やめること　　　　　　　　2 先に延ばすこと

3 翌日にすること　　　　　　4 行く場所を変えること

27 サイズが合わない洋服を彼女にゆずった。

1 あげた　　　2 貸した　　　3 見せた　　　4 届けた

28 宿題がなんとか間に合った。

1 何日も前に提出した　　　　2 提出が遅れないですんだ

3 提出が少し遅れてしまった　4 まったく提出できなかった

問題5　つぎのことばの使い方として最もよいものを、1・2・3・4
　　　　から一つえらびなさい。

[29] ふやす
1 夏は海に行けるようにふやす。
2 安全に車を運転するようにふやした。
3 貯金を毎年少しずつふやしたい。
4 仕事がふやすのでとても疲れた。

[30] 中止
1 大雨のため祭りは中止になった。
2 危険なため、その窓は中止された。
3 パーティーへの参加を希望したが中止された。
4 初めから展覧会は中止した。

[31] 申し込む
1 迷子になった子どもを、やっと申し込む。
2 ガソリンスタンドで、車にガソリンを申し込んだ。
3 その報告にたいへん申し込んだ。
4 彼女に結婚を申し込む。

[32] 移る
1 分かるまで何度も移ることが大切だ。
2 郊外の広い家に移る。
3 ボールを受け取って移る。
4 パンを入れてあるかごに移る。

Check □1 □2 □3

[33] 不足_{ふそく}

1 不足な味_{あじ}だったので、おいしかった。

2 この金額_{きんがく}では不足だ。

3 彼の不足な態度を見て腹が立った。

4 やさしい表情_{ひょうじょう}に不足する感じがした。

第三回

言語知識（文字、語彙）

問題1 ＿＿＿＿のことばの読み方として最もよいものを、1・2・3・4から一つえらびなさい。

1 喫茶店のコーヒーが値上がりした。

　1　ねさがり　　　2　ちあがり　　　3　ねうえがり　　　4　ねあがり

2 今日は、図書を整理する日だ。

　1　とうしょ　　　2　ずが　　　　　3　としょ　　　　　4　ずしょ

3 暑いので、扇風機をつけた。

　1　せんふうき　　2　せんぶうき　　3　せんぷうき　　4　せんたくき

4 真っ青な空が、まぶしい。

　1　まあお　　　　2　まっさき　　　3　まつあお　　　4　まっさお

5 朝ごはんにみそ汁を飲む。

　1　みそしる　　　2　みそじゅう　　3　みそすい　　　4　みそじゅる

6 車の免許を取る。

　1　めんきよ　　　2　めんきょ　　　3　めんきょう　　4　めんきょお

7 校長先生の顔に注目する。

　1　ちゅうもく　　2　ちゅうい　　　3　ちょおもく　　4　ちゅもく

8 黒板の字をノートにうつす。

　1　くろばん　　　2　こうばん　　　3　こくばん　　　4　こくはん

問題2 ＿＿＿のことばを漢字で書くとき、最もよいものを、1・2・3・4から一つえらびなさい。

9 室内は涼しくて、とても<u>かいてき</u>だ。
1 快嫡　　　　2 快敵　　　　3 快摘　　　　4 快適

10 遠い昔の<u>きおく</u>が戻ってきた。
1 記億　　　　2 記憶　　　　3 記臆　　　　4 記檍

11 彼女は、今ごろ、試験を受けている<u>さいちゅう</u>だ。
1 最注　　　　2 最中　　　　3 再仲　　　　4 際中

12 <u>じじょう</u>をすべて話してください。
1 真情　　　　2 実情　　　　3 事情　　　　4 強情

13 夏は、毎日<u>たりょう</u>の水を飲む。
1 他量　　　　2 対量　　　　3 大量　　　　4 多量

14 私は、小さいとき、体が<u>よわかった</u>。
1 強かった　　2 便かった　　3 引かった　　4 弱かった

問題3　（　　）に入れるのに最もよいものを、１・２・３・４から一
　　　　つえらびなさい。

15 部屋の（　　）は、とうとう 30℃ を超えた。
　1　湿気　　　　2　風力　　　　3　気圧　　　　4　温度

16 涼しい部屋だったので、気持ちよく（　　　）眠れた。
　1　とっぷり　　2　ぐっすり　　3　くっきり　　4　すっかり

17 多くの道路は（　　）で、煙草を吸える場所は限られている。
　1　喫煙　　　　2　禁煙　　　　3　通行止め　　4　水煙

18 （　　　）でなければ、そんな厳しい労働はできない。
　1　健康　　　　2　危険　　　　3　正確　　　　4　困難

19 その通りには、30（　　　）もの商店が並んでいる。
　1　軒　　　　　2　本　　　　　3　個　　　　　4　家

20 太陽（　　　）は、今、注目を集めているものの一つだ。
　1　スクリーン　2　クリック　　3　エネルギー　4　ダンサー

21 スポーツ好きな友だちの（　　　）もあって、水泳に通うように
　なった。
　1　試合　　　　2　影響　　　　3　興味　　　　4　長所

22 弟は、中学生になって（　　　）背が高くなった。
　1　するする　　2　わいわい　　3　にこにこ　　4　ますます

23 家族みんなの好みに（　　　）夕飯を作った。
　1　選んで　　　2　迷って　　　3　受けて　　　4　合わせて

問題4　＿＿＿に意味が最も近いものを、1・2・3・4から一つえらびなさい。

24 彼は学級委員に<u>適する</u>人だ。

　1　ぴったり合う　2　似合わない　　3　選ばれた　　　4　満足する

25 車の事故をこの町から<u>一掃しよう</u>。

　1　少なくしよう　　　　　　　　2　ながめよう

　3　なくそう　　　　　　　　　　4　掃除をしよう

26 彼のお姉さんはとても<u>美人</u>です。

　1　優しい人　　　2　頭がいい人　3　変な人　　　　4　きれいな人

27 <u>偶然</u>、駅で小学校の友だちに会った。

　1　久しぶりに　　　　　　　　　2　うれしいことに

　3　たまたま　　　　　　　　　　4　しばしば

28 彼の店では、その商品を<u>あつかっている</u>。

　1　参加している　2　売っている　3　楽しんでいる　4　作っている

問題5　つぎのことばの使い方として最もよいものを、1・2・3・4
　　　　から一つえらびなさい。

29 えがく
1 きれいな字をえがく人だと先生にほめられた。
2 デザインされた服を、針と糸でえがいて作り上げた。
3 レシピ通りに玉子と牛乳をえがいて料理が完成した。
4 鳥たちは、水面に美しい円をえがくように泳いでいる。

30 感心
1 くつの修理を頼んだが、なかなかできないので感心した。
2 現代を代表する女優のすばらしい演技に感心した。
3 自分の欠点がわからず、とても感心した。
4 夕べはよく眠れなくて遅くまで感心した。

31 人種
1 わたしの家の人種は全部で6人です。
2 世界にはいろいろな人種がいる。
3 料理によって人種が異なる。
4 昨日見かけた外国人は、人種だった。

32 燃える
1 古いビルの中の店が燃えている。
2 春の初めにあさがおの種を燃えた。
3 食べ物の好みは、人によって燃えている。
4 湖の中で、何かがもぞもぞ燃えているのが見える。

33 不満
1 機械の調子が不満で、ついに動かなくなった。
2 自慢ばかりしている不満な彼に嫌気がさした。
3 その決定に不満な人が集会を開いた。
4 カーテンがひく不満で見かけが悪い。

MEMO

翻譯與解題

◎問題1　以下詞語的平假名為何？請從選項1・2・3・4中選出一個最適合填入＿＿的答案。

□ **1**　友人の手術は**成功**した。

1　せこう　　　　　　2　せいこう

3　せいきょう　　　　4　せきょう

譯〉朋友的手術成功了。
　　1　×　　　　　　2　成功
　　3　盛況　　　　　4　×

□ **2**　彼が、**給料**を計算した。

1　ちゅうりょう　　　2　ちゅりょ

3　きゅうりょう　　　4　きゅりょお

譯〉他計算了薪水。
　　1　×　　　　　　2　×
　　3　薪水　　　　　4　×

□ **3**　先生が教室に**現れる**。

1　おもわれる　　　　2　たわむれる

3　しのばれる　　　　4　あらわれる

譯〉老師來到教室。
　　1　被認為　　　　2　玩耍
　　3　被懷念　　　　4　來到

□ **4**　近くの公園で**事件**が起こる。

1　しけん　　　　　　2　せけん

3　じけん　　　　　　4　じこ

譯〉附近的公園發生一起事件。
　　1　考試　　　　　2　世間
　　3　事件　　　　　4　事故

解題 1　　　　　　　　　　　　　　　　　　　　　　　　　　　　**答案 (2)**

【成　セイ　な‐る】

【功　コウ】

選項1很多人會把「成功／成功」誤寫作「せこう」，漏寫了「い」。另外，誤念成「せえこう」的情形也很常見，請多加注意。

解題 2　　　　　　　　　　　　　　　　　　　　　　　　　　　　**答案 (3)**

【給　キュウ】

【料　リョウ】

請注意標註的小字的「ゅ」「ょ」，和長音「う」。選項4沒有寫到「きゅう」的「う」，以及「りょう」的「う」寫成了「お」，所以不正確。

「給料／薪水」是指「仕事などでもらうお金／透過工作等事項獲得的金錢」。

解題 3　　　　　　　　　　　　　　　　　　　　　　　　　　　　**答案 (4)**

【現　ゲン　あらわ‐れる】

「現れる／出現」是指「（人などが）出てくる／（人物等）出現」。也一起記住「現れる／出現」的音讀詞「出現（しゅつげん）」吧！

解題 4　　　　　　　　　　　　　　　　　　　　　　　　　　　　**答案 (3)**

【事　ジ・ズ　こと】

【件　ケン】

「事」的音讀有「じ」和「ず」，這裡要念作「じ」。

選項1「しけん」寫成漢字是「試験／考試」。選項2「せけん」寫成漢字是「世間／世間」。選項4「じこ」寫成漢字是「事故／事故」。「事件／案件、事端」和「事故／事故」很容易搞混，請多加注意。

「事件／案件、事端」是指「みんなが話題にするできごと／會引發眾人議論的話題」。

□ **5** 初めて会った人と握手をした。

1　あいて　　　　　　　　2　あくしゅ

3　あくし　　　　　　　　4　あくしゆ

譯〉和初次見面的人握了手。
　　1　對方　　　　　　2　握手
　　3　×　　　　　　　4　×

□ **6** 授業に欠席しないようにしよう。

1　けつせき　　　　　　　2　けえせき

3　けせき　　　　　　　　4　けっせき

譯〉上課盡量不要缺席。
　　1　×　　　　　　　2　×
　　3　×　　　　　　　4　缺席

□ **7** 彼女は、遅刻したことがないと自慢した。

1　じまい　　　　　　　　2　じまん

3　まんが　　　　　　　　4　じけん

譯〉她炫耀了自己從沒遲到。
　　1　×　　　　　　　2　炫耀
　　3　漫畫　　　　　　4　事件

□ **8** その警察官は、とても親切だった。

1　けえさつかん　　　　　2　けんさつかん

3　けいかん　　　　　　　4　けいさつかん

譯〉當時那位警察非常親切。
　　1　×　　　　　　　2　檢察官
　　3　警員　　　　　　4　警察

解題 **5**   答案 **(2)**

【握　アク　にぎ‐る】

【手　シュ　て・た】

因為選項4寫成「しゆ」所以不正確。請注意正確應為小字的「ゅ」。選項1「あいて」寫成漢字是「相手／對方」。

「握手／握手」是指寒暄時互相握對方的手。

解題 **6**   答案 **(4)**

【欠　ケツ　か‐ける】

【席　セキ】

請注意，當「欠」寫作「欠席」這樣兩個以上的漢字的詞語，「けつ」要寫成小字的「っ」，也就是「けっ」。

選項1因為寫成了大字「つ」，所以不正確。選項3漏寫了「っ」，所以不正確。

「欠席／缺席」是指"沒有出席該出席的集會、缺席不到場"的意思。反意詞是「出席（しゅっせき）／出席」。

解題 **7**   答案 **(2)**

【自　ジ・シ　みずか‐ら】

【慢　マン】

「自」的音讀是「じ」或「し」，在這裡讀作「じ」。

選項3「まんが」寫成漢字是「漫画／漫畫」。選項4「じけん」寫成漢字是「事件」。

「自慢／自誇」是指"向他人誇耀自己的長處"。

解題 **8**   答案 **(4)**

【警　ケイ】

【察　サツ】

【官　カン】

選項1「けい」寫成「けえ」，所以不正確。雖然發音聽起來像是「けえ」，但寫的時候要寫作「けい」。選項2「けい」寫成了「けん」所以不正確。

選項3「けいかん」寫成漢字是「警官」。「警官」是「警察官」的簡稱。

「警察官／警察」是做警察工作的人，也就是警員。

◎問題 2 以下詞語應為何？請從選項 1・2・3・4 中選出一個最適合填入＿＿ 的答案。

□ **9** 力の弱い方のグループに**みかた**した。

1 見方　　　　　　　　　2 三方

3 診方　　　　　　　　　4 味方

> 譯 我支持了弱勢團體。
> 　　 1 看法　　　　　　 2 三面
> 　　 3 ×　　　　　　　 4 支持

□ **10** 大事な書類が**もえて**しまった。

1 火えて　　　　　　　　2 燃えて

3 焼えて　　　　　　　　4 災えて

> 譯 重要的資料被燒毀了。
> 　　 1 ×　　　　　　　 2 燃燒
> 　　 3 ×　　　　　　　 4 ×

□ **11** **ゆうびん**局からの荷物が届いた。

1 郵使　　　　　　　　　2 郵仕

3 郵便　　　　　　　　　4 郵働

> 譯 收到了郵局送來的包裹。
> 　　 1 ×　　　　　　　 2 ×
> 　　 3 郵（注：「郵便ゆうびん」意指「郵件」，而「郵便局ゆうびんきょく」為「郵局」）
> 　　 4 ×

□ **12** 風邪の**よぼう**のために、うがいをしてマスクをかける。

1 予紡　　　　　　　　　2 予坊

3 予防　　　　　　　　　4 予妨

> 譯 為預防感冒，我會先漱口再戴上口罩。
> 　　 1 ×　　　　　　　 2 ×
> 　　 3 預防　　　　　　 4 ×

　　　　　　　　　　　　　　　　　　　　　　　　答案 (4)

「味方（みかた）／同伴」是指「自分のほうになって、助けてくれるような仲間／站在自己這一邊、提供幫助的夥伴」。請注意「み」對應的漢字。選項 1 雖然「見方」也念作「みかた」，但意思是「①見る方法。②ものごとに対する考え方／①看的方法。②對某事的見解」，因此不正確。例句：

選項 1　地図の見方を習う。（學習看地圖的方法）

選項 4　母は妹に味方した。（媽媽站在妹妹那一邊）

解題 10 　　　　　　　　　　　　　　　　　　　　　　　　答案 (2)

「燃える（もえる）／燃燒」是指「火がついて、ほのおが上がる／點火後火焰升起」。選項 3「焼」這個漢字的念法是「や - く」，是「火をつけてもやす／點火燃燒」的意思。請注意「燃」「焼」的讀音和用法。例句：

選項 2　紙が燃える。（紙在燃燒）

選項 3　紙を焼く。（燒紙）

解題 11 　　　　　　　　　　　　　　　　　　　　　　　　答案 (3)

「郵便局（ゆうびんきょく）／郵局」是指處理信件、包裹的地方。請注意「便」這個漢字。例句：

選項 3　郵便局で荷物を出す。（在郵局寄出包裹）

解題 12 　　　　　　　　　　　　　　　　　　　　　　　　答案 (3)

「予防（よぼう）／預防」是指「前もって防ぐこと／事先防範」。請注意「防」這個漢字的偏旁（漢字左半邊）的不同。例句：

選項 3　うがいと手洗いで、風邪を予防する。（靠漱口和洗手來預防感冒）

□ **13** 彼はいつでも、もんくばかり言っている。

  1 文句   2 門句

  3 問句   4 分句

  譯〉 他總是在發牢騷。

      1 牢騷   2 ×

      3 ×   4 ×

□ **14** 暑さのために、いしきが薄れる。

  1 異識   2 意識

  3 意職   4 異職

  譯〉 熱得人意識模糊。

      1 ×   2 意識

      3 ×   4 ×

「文句（もんく）／牢騷」是「不満や苦情／不滿和抱怨」的意思。例句：

選項1　アルバイト料が安いと文句を言う。（抱怨打工的薪水太低）

（解題）**14** 答案 **(2)**

「意識（いしき）／意識到」是指「自分のしていることや考えていることがはっきりわかる心のはたらき／明白自己所做的事和思考的事情的心理活動」。例句：

選項2　頭を打って、意識を失う。（被打到頭而失去了意識）

翻譯與解題

◎問題 3 （ 　　　 ）中的詞語應為何？請從選項 1・2・3・4 中選出一個最適合填入（ 　　　 ）的答案。

□ **15** 今から予定を（ 　 ）しても大丈夫か確かめたいと思う。

1 返信　　　　　　　　　　　2 変更

3 必要　　　　　　　　　　　4 参道

譯〉 我想確認現在還能不能（更改）行程。

1 回覆　　　　　　　　　　2 更改

3 必要　　　　　　　　　　4 參拜道路

□ **16** 受付時間（ 　　　 ）で、なんとか間に合った。

1 だらだら　　　　　　　　2 うろうろ

3 みしみし　　　　　　　　4 ぎりぎり

譯〉 在受理時間（截止前一刻），總算趕上了。

1 磨磨蹭蹭　　　　　　　2 轉來轉去

3 吱吱嘎嘎　　　　　　　4 截止前一刻（極限）

□ **17** 電車の先頭車両には、（ 　　 ）の席がある。

1 運転士　　　　　　　　　2 介護士

3 栄養士　　　　　　　　　4 弁護士

譯〉 在電車的第一節車廂裡設有（駕駛員）的座位。

1 駕駛員　　　　　　　　2 看護

3 營養師　　　　　　　　4 律師

□ **18** そのことについては、必ず本人の（ 　　　 ）をとることが大切だ。

1 確認　　　　　　　　　　2 丁寧

3 用意　　　　　　　　　　4 簡単

譯〉 關於這件事，一定要向本人（確認），這是非常重要的。

1 確認　　　　　　　　　　2 細心

3 準備　　　　　　　　　　4 簡單

(解題) **15**　　　　　　　　　　　　　　　　　　　　　(答案)(2)

請注意（　）前面的「予定を／做計畫」。首先尋找「予定をどうする／為何要做計畫」的動詞。

「変更／變更」是「決まっていたものを変えること／更改決定了的事情」。這是「予定を変えても大丈夫か／可以更改行程嗎？」換句話說的方式，因此選項 2 正確。

選項 1「返信／回覆」是「返事すること／回覆」。選項 3「必要／必要」是「なくてはならない様子／非這麼做不可的様子」。因為題目的句子無法連接「必要する／必要」，因此不正確。選項 4「参道／參拜道路」是「神社や寺にお参りするために作られた道／為了參拜神社和寺廟而建造的道路」。

(解題) **16**　　　　　　　　　　　　　　　　　　　　　(答案)(4)

從題目的「なんとか間に合った／總算趕上了」可知時間並不寬裕。表示「沒有時間慢慢來了」的擬態語是選項 4「ぎりぎり／極限」。

選項 1「だらだら／磨磨蹭蹭」是指以不認真的狀態繼續下去的樣子。選項 2「うろうろ／轉來轉去」是指心情無法平靜、來回走動的樣子。選項 3「みしみし／吱吱嘎嘎」是形容板子之類的物體發出的聲音。

(解題) **17**　　　　　　　　　　　　　　　　　　　　　(答案)(1)

電車的第一節車廂坐著駕駛電車的人「運転士／駕駛員」。

選項 2「介護士／看護」是「病気やお年寄りの手助けや世話をする人／照顧病患或幫助年長者的人」。選項 3「栄養士／營養師」是「栄養に関する指導をする人／指導營養相關事項的人」。選項 4「弁護士／律師」是「法律の相談にのったり、裁判でうったえられた人や、うったえた人に頼まれて弁護する人／擔任法律諮詢，接受原告或被告委任在判決中協助辯護的人」。

(解題) **18**　　　　　　　　　　　　　　　　　　　　　(答案)(1)

請注意（　）之後的「とる」。這裡的「とる」是「する。知る／做。知道」的意思，是「確認する／確認」的另一種說法。

選項 2「丁寧／鄭重」、選項 3「用意／準備」、選項 4「簡単／簡單」之後都不能接「とる」這個動詞，所以不正確。

□ **19** 後片付けについては、（　　　）が責任を持ってほしい。

1　注意
2　意見
3　各自
4　全部

譯〉關於善後部分，希望（每個人）都能負起（自己）的責任。
1　注意
2　意見
3　各自 / 每個人～自己～
4　全部

□ **20** 試合の途中、地震についての（　　　）が流れた。

1　スピーチ
2　アナウンス
3　ディスカッション
4　バーゲン

譯〉在比賽途中發出了地震（警報）。
1　演講
2　警報 / 廣播
3　討論
4　大甩賣

□ **21** 相手を（　　　）気持ちを大切にする。

1　思いつく
2　おめでたい
3　思い出す
4　思いやる

譯〉（體諒）對方的心情是很可貴的。
1　想到
2　恭喜
3　想起來
4　體諒

(解題) **19**　　　　　　　　　　　　　　　　　　　　(答案) **(3)**

注意（　　）後面的「が」。因此可知應填入表示主詞（人）的詞語。

選項1「注意」、選項2「意見」、選項4「全部」都不是主詞，所以不正確。

選項3「各自／各自」是指「ひとりひとり／每個人」。也就是「ひとりひとりが責任を持ってほしい／希望每個人都能負起責任」的意思。

(解題) **20**　　　　　　　　　　　　　　　　　　　　(答案) **(2)**

這是關於片假名的問題。

選項1「スピーチ〔speech〕／演說」是「集会やもよおしものなどでする、短い演説／在集會或活動上舉行的小型演講」。選項2「アナウンス〔announce〕／廣播」是「マイクなどを使って、多くの人に知らせること。放送すること／用麥克風等告知眾人、播放訊息」。選項3「ディスカッション〔discussion〕／討論」是「意見を出し合って話し合うこと／互相商量討論意見」。選項4「バーゲン／特價」是「バーゲンセール〔bargain sale〕／大特賣」的省略，意思就是「デパートや商店などで行う大安売り／在百貨商店和商店等地方進行的大特價」。

(解題) **21**　　　　　　　　　　　　　　　　　　　　(答案) **(4)**

選項1「思いつく／想到」是「いい考えが心に浮かぶ／心裡浮現出好主意」的意思。選項2「おめでたい／可喜可賀」是「めでたい／可賀」的鄭重說法，意思是「お祝いする値打ちがある様子／值得祝賀的樣子」。選項4「思いやる／體貼」是「相手のことを考えて、同情する／為對方著想、體諒對方」的意思。

選項1、3、4是與「思う」連接的複合語，但是選項1、3沒有體貼對方的意思，所以不正確。

表示為對方著想的詞語是選項4「思いやる／體貼」。

□ **22** 彼女が来ないので、彼は（　　　　）して機嫌が悪い。

1　わくわく　　　　　　　2　いらいら

3　はればれ　　　　　　　4　にこにこ

譯〉由於她沒有到場，使得他很（焦躁），心情很差。
　　1　歡欣雀躍　　　　2　急躁
　　3　愉快　　　　　　4　笑嘻嘻

□ **23** 外国に行くので、日本のお金をその国のお金に（　　　　）。

1　たえる　　　　　　　　2　求める

3　かえる　　　　　　　　4　つくる

譯〉因為要去國外，所以要把日幣（換）成該國的貨幣。
　　1　忍耐　　　　　　2　追求
　　3　換　　　　　　　4　做

(解題) **22**

(答案) **(2)**

這題考的是關於表示樣子的擬態語。

選項1「わくわく／歡欣雀躍」是指「期待や喜びなどで、心が落ち着かない様子／因為期待和喜悦使得內心無法平靜的樣子」。選項2「いらいら／急躁」是指「思いどおりにならなくて、怒りっぽくなる様子／事情沒有按照心中所想的發展而憤怒的樣子」。選項3「はればれ／愉快」是指「心配ごとなどがなく、明るい様子／沒有什麼要擔心的開朗樣子」。選項4「にこにこ／笑嘻嘻」是指「笑っているように、うれしそうな顔をする様子／高興笑著的表情」。

請注意（　　）之後接的「機嫌が悪い／心情很差」。「機嫌／情緒」是指「気分／心情」。符合心情很差的是選項2「いらいら／急躁」。

(解題) **23**

(答案) **(3)**

去國外的時候，把錢換成該國的貨幣就叫做「かえる／換、兌換」。例句：

選項3　円をドルにかえる。（把日圓兌換成美金）

◎問題 4　選項中有和＿＿＿意思相近的詞。請從選項１・２・３・４中選出一個最
適合的答案。

□ **24** 壊れた時計を修理する。

1　すてる　　　　　　　　2　直す

3　人にあげる　　　　　　4　持っていく

譯〉修理壞掉的手錶。
　　1　丟掉　　　　　　　2　修理
　　3　給別人　　　　　　4　拿去

□ **25** 同じような仕事が続いたので、あきてしまった。

1　いやになって　　　　　2　うれしくなって

3　すきになって　　　　　4　こわくなって

譯〉由於一直持續做同樣的工作，覺得厭煩了。
　　1　厭膩　　　　　　　2　開心
　　3　喜歡上　　　　　　4　害怕

□ **26** あの人とは、以前、会ったことがある。

1　明日　　2　何度か　　3　昔　　　4　昨日

譯〉我和那個人以前見過面。
　　1　明天　　2　幾次　　3　以前　　4　昨天

□ **27** 道路に危険なものがあったら、さけて歩いたほうがいい。

1　近づいて　2　さわいで　3　遠ざけて　4　見つめて

譯〉如果在路上看到危險的物體，還是避開比較好。
　　1　靠近　2　吵起來　3　遠離　　4　凝視

□ **28** 川で流されそうな人を助けた。

1　困った　　2　急いだ　　3　見た　　4　すくった

譯〉我救了差點被河水沖走的人。
　　1　困擾　2　急著　　3　看到　　4　撈起

　「修理／修理」是指「壊れたものを直すこと／把壞掉的東西修好」。例句：
　選項2　壊れたテレビを修理する。（修理壞掉的電視）
　　　　　壊れたテレビを直す。（把壞掉的電視修好）

　「あきて／厭煩」的辭書形是「あきる／厭煩」，意思是「十分したので
いやになる／因為做太多次而覺得煩了」。因此選項1「いやになって／
膩煩」正確。例句：
　選項1　毎日ハンバーガーであきてしまった。（每天都吃漢堡，已經吃膩了）
　　　　　毎日ハンバーガーで、いやになってしまった。（每天都吃漢堡，
　　　　　已經吃到很煩了）

　「以前／以前」是指「前。昔。もと／之前、從前、先前」。因此選項3「昔／
從前」是正確答案。
　選項2　「何度か／好幾次」是指「何回か／好幾回」。例句：
　選項3　ここは、以前、海だった。（這裡以前是一片海）
　　　　　ここは、昔、海だった。（這裡從前是一片海）

　「さけて／避開」的辭書形是「さける／避開」，意思是「よくないものや
人、場所などに近づかないようにする／盡量不靠近有害的人、物、地點」。
　選項3「遠ざけて／遠離」的「遠ざける／遠離」意思是離得遠遠的。
　因為走在路上要「遠ざけて／遠離」危險物體比較好，所以選項3正確。

　「助ける／幫助」是指「危険や苦しみからすくう／救離危險或痛苦」。因
此，選項4「すくった／撈起」是正確答案。例句：
　選項4　川に落ちた犬を助ける。（救出掉到河裡的狗）
　　　　　川に落ちた犬をすくう。（撈起掉到河裡的狗）

◎問題5 關於以下詞語的用法，請從選項1・2・3・4中選出一個最適合的答案。

□ **29 向ける**

1 時計の針が正午に向けた。 2 電車がこむ時間を向けて帰宅した。

3 どうしようかと頭を向ける。 4 台風はその進路を北に向けた。

譯〉朝著

1 時鐘的指針朝了正午。

2 朝著電車最擁擠的時間回家了。

3 不知如何是好地把頭轉過去。

4 颱風朝著這個方向繼續往北方前進。

□ **30 確かめる**

1 その池は危険なので、確かめてはいけない。

2 この会社に適した人か、会って確かめたい。

3 大学の卒業式の後、みんなで先生の家に確かめた。

4 困っている人を確かめるために話をした。

譯〉確認

1 因為那個水池很危險，不能確認。

2 想見面確認他是否是適合本公司的人才。

3 大學的畢業典禮之後，大家一起確認老師的家。

4 為了確認他是否有困擾才向他搭話。

□ **31 役立てる**

1 私の経験を人のために役立てたい。

2 風が役立てるということを多くの人が知っていた。

3 耳を役立てるまでしっかり聞いてください。

4 彼は、その人に命を役立てられた。

譯〉有助益

1 我希望自己的經驗能對他人有所助益。

2 很多人都知道風有所助益。

3 請仔細聽直到幫助耳朵。

4 他對那個人的性命有所助益。

「向ける／朝向」是指「そのほうに向くようにする／面向那一方」。選項4是「台風が北の方向に進んだ／颱風朝著北方的方向前進」的意思。其他選項應為：

選項1　時計の針が正午を指した。（時鐘的指針指向了正午）

選項2　電車がこむ時間をさけて帰宅した。（避開電車的尖峰時間回家了）

選項3　どうしようかと頭を悩ます。（煩惱著不知道該怎麼辦）

＊「悩ます／困擾」的意思是「苦しめる。困らせる／痛苦、煩惱」。

(解題) **30**

(答案) **(2)**

「確かめる／確認」是「はっきりしないことをはっきりさせる／把不確定的事情確認清楚」的意思。選項2是「この会社に適した人かどうかを、会ってはっきりさせたい／見面確認這個人是否是這間公司需要的人」的意思。其他選項應為：

選項1　その池は危険なので、近づいてはいけない。（那座水池很危險，所以不能靠近）

選項3　大学の卒業式の後、みんなで先生の家を訪れた。（大學的畢業典禮後，大家一起去了老師家拜訪）

選項4　困っている人を助けるために話をした。（我為了幫助遇到困難的人才向他搭話）

(解題) **31**

(答案) **(1)**

「役立てる／有助益」是「役立つようにする／有幫助」的意思。選項1是「私の経験を人のために役立つようにしたい／希望我的經驗可以對別人有幫助」的意思。

選項2、3的整句話都不合邏輯。

選項4應為「彼は、その人に命を助けられた／他被那個人救了性命」。

□ **32 招く**

1 少しの不注意で、大きな事故を<u>招いて</u>しまうものだ。

2 畑に豆の種を<u>招いた</u>。

3 川の水が増えて木が<u>招かれた</u>。

4 強風のため、飛行機が<u>招いて</u>しまった。

譯〉引發

　　1 一不小心就會引發嚴重的事故。

　　2 在田裡引發豆子的種子。

　　3 隨著河水漲高，樹被引發了。

　　4 因為強風而引發了飛機。

□ **33 平和**

1 <u>平和</u>な電車のために人々は働いている。

2 <u>平和</u>な本があったので、すぐに買った。

3 <u>平和</u>な世界になるように願う。

4 <u>平和</u>な食べ物を食べるようにしたい。

譯〉和平

　　1 人們為了和平的電車而在工作。

　　2 看到和平的書，我馬上就買了。

　　3 為了世界和平祈禱。

　　4 我想盡量吃和平的食物。

(解題) **32**
(答案) **(1)**

本題的「招く／引起」是「あることが原因でよくないことを起こす／因某個原因而引發了不好的事情」的意思，並不是「客として呼ぶ／客人呼叫（服務員）」的意思，請特別注意。選項1是「少しの不注意で、大きな事故を起こしてしまう／由於不小心而引發了大事故」的意思。其他選項應為：

選項2　畑に豆の種をまいた。（在田地裡種下了豆子。）

＊「まく／播種」是「植物の種を散らしたり、地中にうめたりする／把植物的種子撒在地上，埋在土地裡」的意思。

選項3　川の水が増えて木が流された。（河水暴漲，樹木被沖走了）

選項4　強風のため、飛行機が遅れてしまった。（強風導致飛機誤點了）

(解題) **33**
(答案) **(3)**

「平和／和平」是「戦いがなく、おだやかな状態であること／沒有戰亂、安穩的狀態」的意思。選項3是「戦いのない世界になるように願う／祈願這個世界上沒有戰爭」的意思。

選項1整句話都不合邏輯。其他選項應為：

選項2　読みたい本があったので、すぐに買った。（因為找到想看的書，所以馬上買了）

選項4　安全な食べ物を食べるようにしたい。（我希望吃安全無虞的食物）

翻譯與解題

◎問題1　以下詞語的平假名為何？請從選項1・2・3・4中選出一個最適合填入＿＿的答案。

□ **1** 昔、母はとても美人だったそうだ。

1　ぴじん　　　　　　　　2　びしん

3　びじん　　　　　　　　4　ぴしん

譯〉聽説我母親以前是個美人。

　　　1　×　　　　　　　　2　×
　　　3　美人　　　　　　　4　×

□ **2** 彼は、私と彼女の共通の友人だ。

1　きょうつう　　　　　　2　ちょうつう

3　きょおつう　　　　　　4　きょうゆう

譯〉　他是我和她共同的朋友。

　　　1　共同　　　　　　　2　×
　　　3　×　　　　　　　　4　共有

□ **3** 先生は生徒から尊敬されている。

1　そんけい　　　　　　　2　そんきょう

3　そんちょう　　　　　　4　そんだい

譯〉老師受到學生尊敬。

　　　1　尊敬　　　　　　　2　×
　　　3　尊重　　　　　　　4　自大

□ **4** 首を曲げる運動をする。

1　さげる　　　　　　　　2　あげる

3　まげる　　　　　　　　4　かしげる

譯〉做扭動脖子的運動。

　　　1　往下　　　　　　　2　往上
　　　3　彎曲　　　　　　　4　傾斜

(解題) 1
(答案) (3)

【美 ビ うつく‐しい】

【人 ジン・ニン ひと】

「人」的音讀有「じん」、「にん」，這裡念做「じん」。

請注意「び」「じ」的念法是否正確。選項1寫成「ぴ」所以不正確。選項2寫成「しん」所以不正確。選項4寫成「ぴ」「しん」所以不正確。

「美人／美人」是「顔つきやすがたがうつくしい女の人／臉蛋好看或身姿曼妙的女性」的意思。

(解題) 2
(答案) (1)

【共 キョウ とも】

【通 ツウ・ツ とお‐る かよ‐う】

請注意「きょう」的小字「ょ」和長音「う」。選項3寫成「きょお」所以不正確。

「共通／共通」是「どれ（だれ）にも当てはまること／適用於每件事物（人物）」的意思。

(解題) 3
(答案) (1)

【尊 ソン たっと‐ぶ・とうと‐ぶ】

【敬 ケイ うやま‐う】

選項2弄錯了「敬」的讀音。選項3「そんちょう」寫成漢字是「尊重／尊重」。選項4「そんだい」寫成漢字是「尊大／驕傲」。

「尊敬／尊敬」是「相手の人格、行い、能力などをりっぱだと思うこと／認為對方的人格、行為、能力等很出色」的意思。

(解題) 4
(答案) (3)

【曲 キョク ま‐げる】

選項1「さげる」寫成漢字是「下げる・提げる／降下、拿」。選項2「あげる」寫成漢字是「上げる・挙げる・揚げる／抬上、舉起」。沒有「首をさげる」、「首をあげる」這樣的説法。選項4「かしげる」寫成漢字是「傾げる／傾斜」。「首をかしげる／歪頭」用於「疑問に思う／感到懷疑」的時候。

「曲げる／歪曲」是「まっすぐなものをまっすぐでなくする／使筆直的物體變得不直」的意思。「首を曲げる運動／扭動脖子的運動」是指「首を前後に曲げたり、横に曲げたりする運動／前後彎曲脖子或左右彎曲脖子的運動」。

□ **5** 明後日、お会いしましょう。

1 めいごにち　　　　　　2 みょうごにち

3 めいごび　　　　　　　4 みょうごび

譯〉我們後天見吧。
　　　1　×　　　　　　　　2　後天
　　　3　×　　　　　　　　4　×

□ **6** おもしろいテレビ番組に夢中になる。

1 ぶちゅう　　　　　　　2 ふちゅう

3 むちゅう　　　　　　　4 うちゅう

譯〉有趣的電視節目使我看得入迷。
　　　1　×　　　　　　　　2　×
　　　3　入迷　　　　　　　4　×

□ **7** 学校での出来事をノートに書いた。

1 でるきごと　　　　　　2 できごと

3 できいごと　　　　　　4 できこと

譯〉把在學校發生的事情寫在筆記本上了。
　　　1　能做的事　　　　　2　發生的事
　　　3　×　　　　　　　　4　×

□ **8** 授業の内容をまとめる。

1 ないくう　　　　　　　2 うちがわ

3 なかみ　　　　　　　　4 ないよう

譯〉彙整課堂內容。
　　　1　×　　　　　　　　2　內側
　　　3　裡面的東西　　　　4　內容

【明 メイ・ミョウ あか - るい あき - らか あ - ける】

【後 ゴ・コウ のち・うし - ろ・あと・おく - れる】

【日 ニチ・ジツ ひ・か】

「明」的音讀有「めい」「みょう」，這裡念做「みょう」。

「後」的音讀有「ご」「こう」，這裡念做「ご」。

「日」的音讀有「にち」「じつ」，這裡念做「にち」。

「明」「後」「日」的漢字有很多種讀音，請特別注意。

「明後日／後天」是「あしたの次の日。あさって／明天的明天、後天」
的意思。

解題 **6**   答案 (3)

【夢 ム ゆめ】

【中 チュウ なか】

選項1、2、4「夢」的讀音都不正確。

「夢中／沉迷」是「あることに熱中して、ほかのことを忘れてしまう様
子／熱衷於某件事而忘記了其他事情的樣子」的意思。

解題 **7**   答案 (2)

【出 シュツ・スイ で - る・だ - す】

【来 ライ く - る・きた - る】

【事 ジ・ズ こと】

「出」的訓讀是「で - る」在這裡不接送假名，念做「で」。「来」的訓
讀是「く - る」，這裡也不接送假名，並且注意要將「く」變成「き」。「事」
的訓讀是「こと」，但請注意這裡要變成「ごと」。「出来事」是「世の
中で起こるいろいろなことがら／世界上發生的大小事」的意思。

解題 **8**   答案 (4)

【内 ナイ・ダイ うち】

【容 ヨウ】

選項2寫成漢字是「内側／內側」。選項3寫成漢字是「中味、中身／裝
在其中的東西」。

「内容／內容」是「あるものに入っているもの。ことから／在某物中的
某物、某事」的意思。

翻譯與解題

◎問題2 以下詞語應為何？請從選項1・2・3・4中選出一個最適合填入＿＿的答案。

□ **8** 彼女はクラスの<u>いいん</u>に選ばれた。

1 医員 2 医院

3 委員 4 委院

譯〉她被推選為班級委員（股長）了。

　　1　×　　　　　　　　2　醫院
　　3　委員　　　　　　　4　×

□ **10** <u>えいえん</u>に、あなたのことを忘れません。

1 氷延 2 氷縁

3 永遠 4 永塩

譯〉我永遠不會忘記你。

　　1　×　　　　　　　　2　×
　　3　永遠　　　　　　　4　×

□ **11** 卒業生に記念の品物が<u>おくられた</u>。

1 憎られた 2 僧られた

3 増られた 4 贈られた

譯〉把紀念品送給了畢業生。

　　1　×　　　　　　　　2　×
　　3　×　　　　　　　　4　贈送

□ **12** 地球<u>おんだん</u>化は、解決しなければならない問題だ。

1 温段 2 温暖

3 温談 4 温断

譯〉地球暖化是個不得不解決的問題。

　　1　×　　　　　　　　2　溫暖
　　3　×　　　　　　　　4　×

(解題) **9**　　　　　　　　　　　　　　　　　　　　　　(答案) (3)

「委員（いいん）／委員」是「多くの人の中から選ばれて、ある仕事を
任された人／在眾人之中被推選出來，被委任某事的人」的意思。選項 2
「医院／醫院」是「病気やけがを治す所／治病或療傷的地方」。例句：
選項 2　風邪を引いたので、近くの医院に行った。（因為感冒了，所以去
了附近的醫院）
選項 3　委員会で意見を言う。（在委員會上發表意見）

(解題) **10**　　　　　　　　　　　　　　　　　　　　　　(答案) (3)

「永遠（えいえん）／永遠」是「いつまでも続くこと／一直持續下去」
的意思。請注意「永」字的寫法。

(解題) **11**　　　　　　　　　　　　　　　　　　　　　　(答案) (4)

「贈られた（おくられた）」的辭書形是「贈る」，意思是「感謝やお祝
いの気持ちを込めて、人に物などをあげる／含著感謝和祝賀的心情，送
給別人東西」。請注意該字的偏旁（漢字左半邊）。同樣讀音的字有「送
る（おくる）／送」是「物などを目的の場所に届くようにする／把物品
等送到目的地」的意思。例句：
選項 4　母の誕生日にプレゼントを贈る。（在媽媽生日時送媽媽禮物）
　　　　手紙を速達で送る。（用限時專送的方式寄信）

(解題) **12**　　　　　　　　　　　　　　　　　　　　　　(答案) (2)

「温暖（おんだん）／溫暖」的意思是「気候があたたかくおだやかな様子／
氣候平穩溫暖的樣子」。「温」和「暖」的訓讀都是「あたた‐かい」。
「地球温暖化／地球暖化」的意思是「地球の平均気温が上がること／地球
整體的平均溫度上升」。「地球温暖化／地球暖化」是很重要的詞語，請好
好記下來吧！

《第二回　全真模考》　問題二

231

□ **13** 今月^{こんげつ}から、美術館^{びじゅつかん}で、<u>かいが</u>の展覧会^{てんらんかい}が開^{ひら}かれている。

1 絵画^{かいが}	2 会雅
3 貝画	4 絵貴

譯〉美術館從這個月開始舉辦畫展。

1 畫	2 ×
3 ×	4 ×

□ **14** 試験^{しけん}<u>かいし</u>のベルがなった。

1 開氏	2 会氏
3 会始	4 開始^{かいし}

譯〉考試開始的鈴聲響起了。

1 ×	2 ×
3 ×	4 開始

(解題) **13**　　　　　　　　　　　　　　　　　　　　　　(答案) **(1)**

「絵画（かいが）／繪畫」是指「絵／畫」。

「絵／畫」有「え」和「かい」兩種音讀方式。例句：

選項1　部屋に絵画を飾る。（在房間裡放上畫做裝飾）

　　　　私の趣味は絵を描くことだ。（我的興趣是畫畫）

(解題) **14**　　　　　　　　　　　　　　　　　　　　　　(答案) **(4)**

「開始（かいし）／開始」是「ものごとをはじめること。ものごとがはじ
まる／開始做事了、事情就要開始了」的意思。「始」的訓讀是「はじ-め
る・はじ-まる」。例句：

選項4　9時に作業を開始する。（在九點開始寫作業）

　　　　9時に作業を始める。（在九點開始寫作業）

◎問題 3 （　　　　）中的詞語應為何？請從選項 1・2・3・4 中選出一個最適合填入（　　　　）的答案。

□ **15** 現状に（　）するだけでは、進歩しない。

1 冷淡　　　　　　　　　2 希望

3 満足　　　　　　　　　4 検討

譯〉對現狀感到（滿足）的話就不會進步了。

　　1 冷淡　　　　　　　2 希望

　　3 滿足　　　　　　　4 檢討

□ **16** とつぜんの事故によって、家族が（　　　　）になる。

1 きちきち　　　　　　　2 すべすべ

3 ばらばら　　　　　　　4 ふらふら

譯〉突如其來的變故使得一家人（四散各地）。

　　1 規規矩矩　　　　　2 光滑

　　3 四散各地　　　　　4 蹣跚

□ **17** 部屋を借りているので、（　）を払わなくてはならない。

1 家賃　　　　　　　　　2 運賃

3 室代　　　　　　　　　4 労賃

譯〉我租了房子，所以必須付（房租）。

　　1 房租　　　　　　　2 運費

　　3 ×　　　　　　　　4 工資

□ **18** 今年の（　　　　）の色は、紫色です。

1 社会　　　　　　　　　2 文化

3 増加　　　　　　　　　4 流行

譯〉今年（流行）的顏色是紫色。

　　1 社會　　　　　　　2 文化

　　3 增加　　　　　　　4 流行

(解題) **15**　　　　　　　　　　　　　　　　　　　　　　　　　答案 **(3)**

選項 1「冷淡／冷淡」的意思是「思いやりがなく、態度が冷たい様子／不關懷他人、態度冷淡的樣子」。選項 2「希望／希望」是「こうあってほしいと望むこと／期望事物的狀態按照自己的預期」的意思。選項 3「満足／滿足」是「不満が何もないこと／沒有任何不滿」的意思。選項 4「検討／檢討」是「十分に調べて、よいかどうかをよく考えること／充分調查後，仔細想想這樣好不好」的意思。

（　　）前面的「現状／現狀」是「現在の状態／現在的狀態」的意思。題目沒有提到「冷淡する／冷淡」所以選項 1 不正確。「現状に／現狀」無法接在選項 2 和 4 前面，所以選項 2 和 4 不正確。

(解題) **16**　　　　　　　　　　　　　　　　　　　　　　　　　答案 **(3)**

這題考的是表示樣子或狀態的擬態語。

正確答案是含有"家人離散"意思的選項 3。

選項 1「きちきち／滿滿的」的意思是「つまっている様子／塞滿的樣子」。選項 2「すべすべ／滑溜滑溜」的意思是「なめらかな様子／光滑的樣子」。選項 3「ばらばら／四分五裂、四散各地」的意思是「分かれてまとまりのない様子／分散而無法團聚的樣子」。選項 4「ふらふら／蹣跚」的意思是「足取りがはっきりしない様子／腳步不穩的樣子」。

(解題) **17**　　　　　　　　　　　　　　　　　　　　　　　　　答案 **(1)**

租借房屋時付的錢是選項 1「家賃／房租」。

選項 2「運賃／運費」是「荷物を送ったり、乗り物に乗ったりした時に払うお金／寄送行李或乘坐交通工具時支付的錢」。沒有選項 3 這個詞。選項 4「労賃」是「働きに対してもらうお金／工作後獲得的報酬」。例句：

選項 1　月末に家賃を払う。（月底要付房租）
選項 2　バスの運賃が値上げされた。（巴士的車資漲價了）
選項 4　安い労賃で働く。（為賺取微薄的薪水而工作）

(解題) **18**　　　　　　　　　　　　　　　　　　　　　　　　　答案 **(4)**

要選可以放入（　　）的主詞，因此要確認是否可以連接述語的「紫色です」。選項 1「社会の色」、選項 2「文化の色」不適合當做表示顏色的詞語，所以不正確。也沒有選項 3「増加の色」這種說法，所以不正確。選項 4「流行の色」是正確答案。

選項 4「流行／流行」的意思是「広く広まっていること。はやっていること／廣為流傳的事物、風靡的事物」。題目的意思是「広く使われている色は、紫色だ／被廣泛使用的顏色是紫色」。

□ **19** このパソコンは台湾（　　　）です。

　　1　製　　　　　　　　　　2　用

　　3　作　　　　　　　　　　4　産

　　譯〉 這台電腦是台灣（製）的。
　　　　1　製　　　　　　　　2　用途
　　　　3　著作　　　　　　　4　出產

□ **20** 積極的に（　　　）活動に参加する。

　　1　ボーナス　　　　　　　2　ボランティア

　　3　ホラー　　　　　　　　4　ホームページ

　　譯〉 積極參與（志工）活動。
　　　　1　獎金　　　　　　　2　志工
　　　　3　恐怖　　　　　　　4　網頁

□ **21** 何度も話し合って、彼のことを（　　　）しようと努力した。

　　1　理解　　　　　　　　　2　安心

　　3　睡眠　　　　　　　　　4　食事

　　譯〉 和他聊了很多次，很努力嘗試（了解）他。
　　　　1　了解　　　　　　　2　安心
　　　　3　睡眠　　　　　　　4　吃飯

□ **22** 泣いている彼女の肩に（　　　）手を置いた。

　　1　どっと　　　　　　　　2　やっと

　　3　ぬっと　　　　　　　　4　そっと

　　譯〉 把手（輕輕）放在正在哭的她的肩膀上。
　　　　1　一下子　　　　　　2　終於
　　　　3　突然　　　　　　　4　輕輕的

表示在哪裡製造的詞是選項1「製／製」。

選項2「用／用途」表示「使う。役立てる／使用、起作用」的意思。選項3「作」、選項4「産」雖然也都表示「作った人／製作者」，但一般而言「作」表示藝術作品，「産」則用於表示農產品或水產。

（解題）**20** 　答案（2）

這題考的是用片假名寫的外來語。因為（　）後面接有「活動／活動」，所以要找和"移動、行動"有關係的詞語。

選項1「ボーナス〔bonus〕／獎金」是指「決まった給料のほかに、夏や年末などに特別に払われるお金／除了原定的薪水之外，在夏天或年末等等的時機特別支付的錢」。選項2「ボランティア〔volunteer〕／志工」是指「社会福祉などの活動に、お金をもらわずに参加するする人／參加社會福利等活動但不收報酬的人」。選項3「ホラー〔horror〕／恐怖」是「恐怖／恐怖」的意思。選項4「ホームページ〔home page〕／網頁」是「インターネットに設けられた情報発信の拠点／架設在網絡上提供資訊的據點」。

和「活動」有關係的是選項2「ボランティア／志工」。

（解題）**21** 　答案（1）

請注意（　）前後的「彼のことを」「しよう」。請確認選項的詞語後是否可以接「する」。

選項3，沒有「睡眠する」的說法，所以不正確。選項2「安心しよう／安心」和選項4「食事しよう／吃飯」都無法連接目的語「彼のことを／他」，所以不正確。

選項1「理解／了解」是指「よくわかること／清楚明白」。

（解題）**22** 　答案（4）

這題問的是表示樣子或狀態的副詞。

選項1「どっと／一下子」的意思是「一度にたくさん出る様子／一次出現很多的樣子」。選項2「やっと／終於」的意思是「難しいことが、どうにかできる様子／總算完成了困難之事的樣子」。選項3「ぬっと／突然」的意思是「突然現れる様子／忽然出現的樣子」。選項4「そっと／輕輕的」的意思是「気をつけて静かにする様子／注意不要發出聲音的樣子」。

（　）後面接「手を置いた」。表示"用什麼方式將手放上去"的詞語是選項4「そっと／輕輕的」。

□ 23 用事で家を（　　　　）いる間に、犬が逃げた。

　　1　ないて　　　　　　　　　2　どいて

　　3　あけて　　　　　　　　　4　せめて

　譯〉狗狗趁我（出門）辦事時，從家裡溜出去了。
　　　1　哭　　　　　　　　　2　讓開
　　　3　出門／空　　　　　　4　至少

要尋找可以描述「家を／家」怎麼了的詞語。請把每個選項變為辭書形連接
看看，於是就變成了選項1「家をなく」、選項2「家をどく」、選項3「家
をあける／不在家」、選項4「家をせめる」，但由於沒有選項1、2、4
的説法，所以這三個選項都不正確。

選項3「家をあける／不在家」是指「留守にする／不在家」。例句：

選項3　　旅行で1週間家をあける。（由於旅行而一星期不在家）

◎問題4 選項中有和＿＿意思相近的詞。請從選項1・2・3・4中選出一個最適合的答案。

□ **24** つくえの上をきれいに<u>整理した</u>。

1 かざった
2 やりなおした
3 ならべた
4 片づけた

譯〉把桌面整理乾淨了。
1 裝飾了
2 重新做了
3 擺了
4 整理了

□ **25** 台風が近づいて、<u>激しい</u>雨が降ってきた。

1 ひじょうに弱い
2 ひじょうに暗い
3 ひじょうに強い
4 ひじょうに明るい

譯〉颱風即將來襲，開始下起大雨了。
1 非常弱
2 非常暗
3 非常強
4 非常亮

□ **26** 雨が降り出したので、遠足は<u>中止</u>になった。

1 やめること
2 先に延ばすこと
3 翌日にすること
4 行く場所を変えること

譯〉因為下雨了，所以校外教學取消了。
1 停止
2 延期
3 改成隔天
4 更改目的地

□ **27** サイズが合わない洋服を彼女に<u>ゆずった</u>。

1 あげた
2 貸した
3 見せた
4 届けた

譯〉把尺寸不合的洋裝讓給她了。
1 送了
2 借了
3 出示了
4 送達了

(解題) **24**　　　　　　　　　　　　　　　　　　　　　　　　(答案) **(4)**

「整理する／整理」是「乱れているものをきちんと片づける／把弄亂的東西收拾整齊」的意思。選項1「かざった／裝飾了」的辭書形是「かざる／裝飾」，是「美しく見えるようにする／使之看起來變美麗」的意思。
例句：

選項4　本だなを整理する。（整理書架）

　　　　本だなを片づける。（收拾書架）

(解題) **25**　　　　　　　　　　　　　　　　　　　　　　　　(答案) **(3)**

「激しい／激烈的」的意思是「いきおいが大変強い様子／勢頭強勁的樣子」。因此，選項3「ひじょうに強い／非常強」是正確答案。例句：

選項3　激しい風が吹いた。（猛烈的強風吹來了）

　　　　ひじょうに強い風が吹いた。（非常強勁的風吹來了）

(解題) **26**　　　　　　　　　　　　　　　　　　　　　　　　(答案) **(1)**

「中止／取消」是指「予定したことや行われていたことをやめること／取消預定計畫或正在進行的事情」。因此選項1「やめること／停止」是正確答案。另外，和選項2「先に延ばすこと／延期」相似的詞語是「延期／延期」。例句：

選項1　雨が強くなったので、試合は中止になった。（因為雨變大了，所以比賽取消了）

　　　　雨が強くなったので、試合はやめることにしよう。（因為雨變大了，所以比賽不辦了）

(解題) **27**　　　　　　　　　　　　　　　　　　　　　　　　(答案) **(1)**

「ゆずる／讓」的意思是「自分のものを人にあげたり売ったりする／把自己的東西送或賣給他人」。因此選項1「あげた／送了」正確。

選項4「届ける／送達了」的意思是「ものを送ったり渡したりする／寄送或交付東西」。例句：

選項1　読んだ本を友だちにゆずる。（把看完的書讓給朋友）

　　　　読んだ本を友だちにあげる。（把看完的書送給朋友）

□ **28** 宿題がなんとか間に合った。

1 何日も前に提出した

2 提出が遅れないですんだ

3 提出が少し遅れてしまった

4 まったく提出できなかった

譯〉作業總算趕上了繳交期限。

　　1　好幾天前就交作業了。

　　2　總算沒有遲交作業。

　　3　稍微晚了點交作業。

　　4　根本沒辦法交作業。

(解題) **28**　　　　　　　　　　　　　　　　　　　　(答案) **(2)**

「間に合った／趕上了」的「間に合う／趕上」是「決まっている時間に
遅れない／沒有晚於規定的時間」的意思。題目中的「宿題がなんとか間
に合った／作業總算趕上了繳交期限」是“作業沒有遲交”的意思。因此
選項2「提出が遅れないですんだ／總算沒有遲交作業」是正確答案。例句：
選項2　電車の発車時間になんとか間に合った。（總算趕上了電車的發車
時間）

　　　　電車の発車時間に遅れないで着いた。(沒有比電車的發車時間晚到)

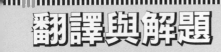

◎問題5　關於以下詞語的用法，請從選項1・2・3・4中選出一個最適合的答案。

□ **29　ふやす**
1　夏は海に行けるようにふやす。
2　安全に車を運転するようにふやした。
3　貯金を毎年少しずつふやしたい。
4　仕事がふやすのでとても疲れた。

譯〉増加
1　增加夏天可以去海邊。
2　請以安全為前提增加駕駛。
3　我想每年增加一點存款。
4　因為工作增加而非常疲憊。

□ **30　中止**
1　大雨のため祭りは中止になった。
2　危険なため、その窓は中止された。
3　パーティーへの参加を希望したが中止された。
4　初めから展覧会は中止した。

譯〉取消
1　因為下大雨，所以祭典取消了。
2　因為很危險，所以把窗戶取消了。
3　雖然想去參加派對，但被取消了。
4　展覽從一開始就是取消的了。

□ **31　申し込む**
1　迷子になった子どもを、やっと申し込む。
2　ガソリンスタンドで、車にガソリンを申し込んだ。
3　その報告にたいへん申し込んだ。
4　彼女に結婚を申し込む。

譯〉申請
1　終於申請到了迷路的孩子。
2　在加油站幫車申請了汽油。
3　對於這份報告感到非常申請。
4　向她求婚。

「ふやす／増加」是「数や量が多くなるようにする。ふえるようにする／使數量變多、使之增加」的意思。選項3是「貯金を毎年少しずつ多くしたい／我想每年増加一些存款」的意思。其他選項應為：

選項1　夏は海に行けることを願う。（希望夏天可以去海邊）

選項2　安全に車を運転するように心がける。（注意行車安全。）

＊「心がける／注意」是「いつも心にとめて気をつける／時刻放在心上」的意思。

選項4　仕事がふえたのでとても疲れた。（因為工作増加了，所以非常疲累）

(解題) **30**　　　　　　　　　　　　　　　　　　　(答案) **(1)**

「中止／取消」是「予定していたことや行われていたことをやめること／停止預定計畫或正在進行的事情」的意思。選項1是「大雨のため祭りは行われなくなった／因為下大雨，所以不舉行祭典了」的意思。其他選項應為：

選項2　危険なため、その窓は閉じられた。（因為很危險，所以把窗戶關上了）

＊「閉じる／關閉」是「開いていたものをしめる／把開啟的東西關起來」的意思。

選項3　パーティーへの参加を希望したがかなわなかった。（雖然很想去參加派對，但是沒能如願）

選項4整句話都不合邏輯。

(解題) **31**　　　　　　　　　　　　　　　　　　　(答案) **(4)**

「申し込む／要求、提議」的意思是「こちらの希望などを相手に伝える／把自己的希望傳達給對方」。選項4的意思是「彼女に結婚したいという気持ちを伝える／讓她知道自己想和她結婚的心意」。其他選項應為：

選項1　迷子になった子どもを、やっと見つけた。（終於找到迷路的小孩子了）

選項2　ガソリンスタンドで、車にガソリンを入れた。（在加油站替車子加了油）

選項3　その報告に大変驚いた。（聽了那個消息後非常震驚）＊也可以接「感動しました／感動」等詞語。

□ **32 移る**

1　分かるまで何度も<u>移る</u>ことが大切だ。
2　郊外の広い家に<u>移る</u>。
3　ボールを受け取って<u>移る</u>。
4　パンを入れてあるかごに<u>移る</u>。

譯〉移動、遷移
　　1　在弄清楚之前移動好幾次是非常重要的。
　　2　遷居到郊外的大房子。
　　3　收到球之後轉移。
　　4　移動到裝麵包的籃子。

□ **33 不足**

1　<u>不足</u>な味だったので、おいしかった。
2　この金額では<u>不足</u>だ。
3　彼の<u>不足</u>な態度を見て腹が立った。
4　やさしい表情に<u>不足</u>する感じがした。

譯〉不夠、不滿
　　1　因為是不夠的味道，所以很好吃。
　　2　這些金額還不夠。
　　3　他露出不滿的表情生氣了。
　　4　對溫柔的表情感到了不滿。

(解題) **32**

「移る/移動」是「ある場所から別の場所に変わる/從某地方轉移到另一地方」的意思。選項2的意思是「郊外の広い家に変わった/搬到郊區的大房子」。「郊外/郊外」是指「都市の周りの、田畑や野原などがある地域/在都市周邊的農田或原野地區」。其他選項應為：

選項1　分かるまで何度も聞くことが大切だ。（在弄清楚之前，多問幾次是很重要的）

選項3和選項4整句話都不合邏輯。

(解題) **33**

答案 (2)

「不足/不足」的意思是「足りないこと。十分でない様子/不足夠、不充分的樣子」。選項2是「この金額では足りない/這些錢不夠」的意思。

因為選項1提到「おいしかった/很好吃」，所以選「不足な味/不夠的味道」不合邏輯。因為選項3提到「腹が立った/生氣」，所以要選描述他不愉快的詞語。因為選項4提到了「やさしい表情/溫柔的表情」，所以選「不足する感じ/不滿的感覺」並不適當。其他選項應為：

選項3　彼の無礼な態度を見て腹が立った。(看到他無禮的態度後非常生氣)

＊「無礼/無禮」的意思是「礼儀に外れている様子/沒禮貌的樣子」。

選項4　母のやさしい表情に心が和んだ。（母親溫柔的表情讓我的心平靜下來了）

＊「和む/平靜」是「気持ちなどがとけあって、おだやかな様子/心情平靜下來、溫和的樣子」的意思。

翻譯與解題

◎問題1 以下詞語的平假名為何？請從選項1・2・3・4中選出一個最適合填入＿＿＿的答案。

□ **1** 喫茶店のコーヒーが値上がりした。

1 ねさがり   2 ちあがり

3 ねうえがり   4 ねあがり

譯〉咖啡店的咖啡漲價了。
    1 ✗   2 ✗
    3 ✗   4 漲價

□ **2** 今日は、図書を整理する日だ。

1 とうしょ   2 ずが

3 としょ   4 ずしょ

譯〉今天是整理圖書的日子。
    1 當初   2 ✗
    3 圖書   4 ✗

□ **3** 暑いので、扇風機をつけた。

1 せんふうき   2 せんぶうき

3 せんぷうき   4 せんたくき

譯〉因為很熱，所以開了電扇。
    1 ✗   2 ✗
    3 電扇   4 洗衣機

□ **4** 真っ青な空が、まぶしい。

1 まあお   2 まっさき

3 まつあお   4 まっさお

譯〉蔚藍的天空十分耀眼。
    1 ✗   2 ✗
    3 ✗   4 蔚藍

解題 1

【值 チ ね・あたい】

【上 ジョウ・ショウ うえ・うわ・かみ・あ‐がる・のぼ‐る】

選項 2 把「值」的音讀誤寫成「ち」，所以不正確。選項 3「上」的讀音不正確。選項 1「ねさがり」寫成漢字是「値下がり」，是「値上がり」的反義詞（相反意思的詞）。

「値上がり／漲價」是指「物のねだんが高くなること／東西價格變貴」。

解題 2

答案 (3)

【図 ズ・ト はか‐る】

【書 ショ か‐く】

選項 2「ずが」寫成漢字是「図画／圖畫」，是「絵／繪畫」的意思。選項 4 把「図」的讀音寫錯了。也把「図書館（としょかん）／圖書館」這個詞記下來吧！

「図書／圖書」是指「本／書」。

解題 3

答案 (3)

【扇 セン おうぎ】

【風 フウ かぜ】

【機 キ】

雖然「風」的音讀是「ふう」，但請注意在這裡要念作「ぷう」。選項 1 和選項 2 寫錯了「風」的讀法。選項 4「せんたくき」寫成漢字是「洗濯機／洗衣機」，意思是「せんたくする機械／洗衣服的機器」。

「扇風機／電風扇」是「モーターで風を起こして、すずむ機械／用馬達製造風以帶來涼意的機器」。

解題 4

答案 (4)

【真っ青 まっさお】

「真っ青／蔚藍」是有特殊念法的漢字。「青」不念「あお」，而是念「さお」。「真っ青／蔚藍」這個詞應念「まっさお」，請記下來吧！同樣是特殊念法的還有「真っ赤（まっか）／通紅」。只要加上「真」則多了「非常に、とても／非常、很」的意思。

「真っ青／蔚藍」是「非常に青い様子／非常藍的樣子」。「真っ赤／通紅」是「非常に赤い様子／非常紅的樣子」。

□ **5** 朝ごはんにみそ汁を飲む。

1　みそしる　　　　　　2　みそじゅう

3　みそすい　　　　　　4　みそじゅる

譯〉早餐喝味噌湯。
　　1　味噌湯　　　　　2　✕
　　3　✕　　　　　　　4　✕

□ **6** 車の免許を取る。

1　めんきよ　　　　　　2　めんきょ

3　めんきょう　　　　　4　めんきょお

譯〉考取駕照。
　　1　✕　　　　　　　2　證照
　　3　✕　　　　　　　4　✕

□ **7** 校長先生の顔に注目する。

1　ちゅうもく　　　　　2　ちゅうい

3　ちょおもく　　　　　4　ちゅもく

譯〉注視著校長的臉。
　　1　注視　　　　　　2　注意
　　3　✕　　　　　　　4　✕

□ **8** 黒板の字をノートにうつす。

1　くろばん　　　　　　2　こうばん

3　こくばん　　　　　　4　こくはん

譯〉把黑板上的字抄寫到筆記本上。
　　1　✕　　　　　　　2　派出所
　　3　黑板　　　　　　4　✕

【汁　ジュウ　しる】
選項 2「汁」的音讀誤寫成「じゅう」，所以不正確。寫作「みそ汁／味噌湯」時「汁」要念訓讀。
「みそ汁／味噌湯」是指「みそで味付けしたしる。日本食の代表的なもの。日本料理的代表性／用味噌調味的湯品、具有代表性的日本菜、日本代表性的料理」。

【免　メン】
【許　キョ　ゆる‐す】
選項 1「許」的「きょ」誤寫成大字的「きよ」，所以不正確。選項 3 和選項 4「許」的讀音寫錯了。
「免許／許可」是指「政府や役所が許可を与えること／政府和政府機關給予許可」。

【注　チュウ　そそ‐ぐ】
【目　モク・ボク　め・ま】
「目」的音讀是「もく・ぼく」，但在這裡念作「もく」。選項 4「注」誤寫成「ちゅ」所以不正確。選項 2「ちゅうい」寫成漢字是「注意／注意」。
「注目／注目」是「気をつけてよく見ること／注意看」的意思。

【黒　コク　くろ・くろ‐い】
【板　バン・ハン　いた】
「板」的音讀有「はん」和「ばん」，這裡念做「ばん」，選項 1「黒」誤寫成訓讀的「くろ」，選項 4「板」誤寫成「はん」，所以不正確。
「黒板／黑板」是指「チョークなどで、文字や絵をかくための、いた／可以用粉筆之類的文具寫字或畫圖的板子」。

◎問題2　以下詞語應為何？請從選項1・2・3・4中選出一個最適合填入＿＿＿的答案。

□ **9** 室内(しつない)は涼(すず)しくて、とても<u>かいてき</u>だ。

1　快嫡　　　　　　　　　2　快敵

3　快摘　　　　　　　　　4　快適(かいてき)

譯〉室內很涼快，非常舒適。

　　1　X　　　　　　　　　2　X

　　3　X　　　　　　　　　4　舒適

□ **10** 遠(とお)い昔(むかし)の<u>きおく</u>が戻(もど)ってきた。

1　記億　　　　　　　　　2　記憶(きおく)

3　記臆　　　　　　　　　4　記檍

譯〉想起了很久以前的記憶。

　　1　X　　　　　　　　　2　記憶

　　3　X　　　　　　　　　4　X

□ **11** 彼女(かのじょ)は、今(いま)ごろ、試験(しけん)を受(う)けている<u>さいちゅう</u>だ。

1　最注　　　　　　　　　2　最中(さいちゅう)

3　再仲　　　　　　　　　4　際中

譯〉她現在正在應考。

　　1　X　　　　　　　　　2　正在

　　3　X　　　　　　　　　4　X

□ **12** <u>じじょう</u>をすべて話(はな)してください。

1　真情　　　　　　　　　2　実情

3　事情(じじょう)　　　　　　　4　強情

譯〉請把隱情全都說出來。

　　1　X　　　　　　　　　2　X

　　3　隱情　　　　　　　　4　X

「快適（かいてき）／舒適」是指感覺舒服的樣子。請注意「適」的字形，尤其容易和「敵」搞混。「敵」是「戦争や試合などの相手／戰爭或比賽的對手」。

「記憶（きおく）／記憶」是「ものごとを忘れずに覚えていること／不忘記事物、記得事物」。

請注意「憶」的偏旁（漢字左半邊的部分）。

「最中（さいちゅう）／正在～時」是「ものごとがさかんに行われている時／事情正在進行的時候」。例句：

選項2　今、サッカーの試合の最中だ。（現在正在進行足球比賽）
　　　　会議の最中に携帯電話が鳴った。（開會時手機響了起來）

「事情（じじょう）／情況、緣故」是指「ものごとのいろいろな様子やわけ／各種各樣的情況或緣故」。選項1「真情（しんじょう）／真情」意思是「本当の気持ち／真實的感情」。選項2「実情（じつじょう）／實際情況」意思是「ものごとの実際の様子／事情實際的情況」。選項4「強情（ごうじょう）／頑固」是「自分の考えを押し通す様子／堅持自己想法的樣子」。請注意每個詞的讀音和字義的不同。例句：

選項1　友だちから真情のこもった手紙をもらった。（我收到了朋友真情流露的信）

＊「こもる／包含」是指「気持ちが十分にふくまれている／蘊含充分的感情」。

選項2　台風の被害の実情を調べる。（針對颱風的受災情況進行調查）

選項3　先生はアメリカの事情にくわしい。（老師對美國的實際情況非常了解）

選項4　兄はとても強情だ。（哥哥非常頑固）

□ **13** 夏は、毎日<u>たりょう</u>の水を飲む。

1　他量　　　　　　　　2　対量
3　大量　　　　　　　　4　多量

譯〉夏天每天都喝大量的水。
　　1　X　　　　　　　　2　X
　　3　大量（注：大量（たいりょう））
　　4　大量（注：多量（たりょう））

□ **14** 私は、小さいとき、体が<u>よわかった</u>。

1　強かった　　　　　　2　便かった
3　引かった　　　　　　4　弱かった

譯〉我小時候身體很虛弱。
　　1　以前很強健　　　　2　X
　　3　X　　　　　　　　4　以前很虛弱

(解題)**13**　　　　　　　　　　　　　　　　　　(答案)**(4)**

「多量（たりょう）／大量」是「ものの量が多いこと／東西的量非常龐
大」。選項3「大量（たいりょう）／大量」是「ものの数や量が多いこと
／東西的數量非常多」。雖然「多量」和『大量』意思相近，但請注意兩者
讀音不同。例句：

選項3　食料を大量に輸入する。（大量進口食品）

選項4　台風で多量の雨が降った。（颱風帶來了龐大的雨量）

(解題)**14**　　　　　　　　　　　　　　　　　　(答案)**(4)**

「弱かった（よわかった）／弱」是指「じょうぶではない様子／不結實的
様子」。選項1「強かった（つよかった）／強」是指「じょうぶである
様子／結實的樣子」。

「弱い／弱」和「強い／強」是反義詞（意思相反的詞）。例句：

選項1　スポーツで強い体を作る。（藉由運動練就強健的體魄）

選項4　妹は体が弱い。（妹妹的身體很差）

翻譯與解題

◎問題 3 （　　　　）中的詞語應為何？請從選項 1・2・3・4 中選出一個最適
　　合填入（　　　　）的答案。

□ **15** 部屋（へや）の（　　）は、とうとう 30℃ を超（こ）えた。

　　1　湿気（しっけ）　　　　　　　　2　風力（ふうりょく）
　　3　気圧（きあつ）　　　　　　　　4　温度（おんど）

　　譯〉房間裡的（溫）終究超過三十度了。
　　　　1　濕氣　　　　　　　　2　風力
　　　　3　氣壓　　　　　　　　4　溫度

□ **16** 涼（すず）しい部屋（へや）だったので、気持（きも）ちよく（　　　　）眠（ねむ）れた。

　　1　とっぷり　　　　　　　　2　ぐっすり
　　3　くっきり　　　　　　　　4　すっかり

　　譯〉因為待在涼爽的房間裡，所以舒舒服服地睡了個（好覺）。
　　　　1　天黑　　　　　　　　2　熟睡
　　　　3　鮮明　　　　　　　　4　完全

□ **17** 多（おお）くの道路（どうろ）は（　　）で、煙草（たばこ）を吸（す）える場所（ばしょ）は限（かぎ）られている。

　　1　喫煙（きつえん）　　　　　　　2　禁煙（きんえん）
　　3　通行止（つうこうど）め　　　　4　水煙（すいえん）

　　譯〉很多路段都（禁菸），因此能吸菸的地方有限。
　　　　1　吸菸　　　　　　　　2　禁菸
　　　　3　禁止通行　　　　　　4　水霧

□ **18** （　　　　）でなければ、そんな厳（きび）しい労働（ろうどう）はできない。

　　1　健康（けんこう）　　　　　　　2　危険（きけん）
　　3　正確（せいかく）　　　　　　　4　困難（こんなん）

　　譯〉如果不（健康），就無法從事這麼辛苦的工作。
　　　　1　健康　　　　　　　　2　危險
　　　　3　正確　　　　　　　　4　困難

(解題)**15**　(答案)(4)

這是關於天氣的題目。表示「30℃」的是選項4「温度／溫度」。

選項1「湿気／濕氣」是指「しめりけ／濕氣」。濕氣的比例稱作濕度。選項2「風力／風力」是指「風の強さ／風的強度」。選項3「気圧／氣壓」是指「空気の圧力／空氣的壓力」。例句：

選項1　この部屋は湿気が多い。（這間房間的濕氣很重）

選項2　山の頂上の風力をはかる。（測量山頂上的風力）

選項3　高気圧が日本列島をおおう。（高氣壓覆蓋了日本列島）

選項4　朝の温度は4℃で、寒かった。（早上的溫度是4℃，冷死了）

(解題)**16**　(答案)(2)

這題問的是表示樣子和狀態的副詞。表示睡得很舒服的狀態的詞語是選項2「ぐっすり／酣睡」。

選項1「とっぷり／天黑」是指「日が沈んで、すっかり暗くなる様子／太陽西沉，天色完全暗下來的樣子」。選項3「くっきり／鮮明」是指「物の形がはっきり見える様子／清楚看見物品的形體的樣子」。選項4「すっかり／完全」是「何もかも全部／所有的一切」。例句：

選項1　いつの間にか、日がとっぷり暮れていた。（不知不覺間，天就變黑了）

選項2　アルバイトから帰って、ぐっすり眠った。（打工結束回家後就睡死了）

選項3　富士山がくっきり見える。（富士山清晰可見）

選項4　私はもうすっかり元気になった。（我已經完全康復了）

(解題)**17**　(答案)(2)

從「煙草を吸える場所は限られている／可以吸菸的地方很有限」這句話可知很多道路都禁菸。禁止吸菸的詞語是選項2「禁煙／禁菸」。

選項1「喫煙／吸菸」是指「煙草を吸うこと／吸食菸草」。選項3「通行止め／禁止通行」是指「人や車が行ったり来たりできないこと／行人或車輛無法通行」。選項4，沒有「水煙」這個詞語。例句：

選項1　喫煙は喫煙場所ですること。（在吸菸場所才能吸菸）

選項2　映画館の中は禁煙である。（電影院內禁止吸菸）

選項3　工事のため、通行止めとなる。（因為施工，道路禁止通行）

(解題)**18**　(答案)(1)

「厳しい労働／辛苦的工作」的意思是「簡単ではない仕事のこと／不簡單的工作」。這是指經常有用體力勞動來工作的情況。因此，為了要做辛苦的工作，選項1「健康／健康」是必須的。

□ **19** その通りには、30（　　　）もの商店が並んでいる。

1　軒　　　　　　　　　2　本

3　個　　　　　　　　　4　家

譯〉有三十（間）商店開在那條街上。
　　1　間　　　　　　　　2　支
　　3　個　　　　　　　　4　家

□ **20** 太陽（　　　）は、今、注目を集めているものの一つだ。

1　スクリーン　　　　　2　クリック

3　エネルギー　　　　　4　ダンサー

譯〉太陽（能）是目前備受關注的能源之一。
　　1　銀幕　　　　　　　2　點擊
　　3　能源　　　　　　　4　舞者

□ **21** スポーツ好きな友だちの（　　　）もあって、水泳に通うようになった。

1　試合　　　　　　　　2　影響

3　興味　　　　　　　　4　長所

譯〉在喜歡運動的朋友（影響）下，我開始去游泳了。
　　1　比賽　　　　　　　2　影響
　　3　興趣　　　　　　　4　優點

請注意意各種物品的量詞。房屋和店面的數量用選項1「軒/間」。

選項2「本/支」用在像原子筆一樣的細長物品。選項3「個/個」用在數雞蛋或蘋果等時。選項4「家/家」接在名字等後面，用於表示某個家族。

例句：

選項1　駅前には2軒のパン屋がある。（車站前有兩間麵包店）

選項2　ボールペンを2本買う。（買兩支原子筆）

選項3　卵を2個焼く。（煎兩顆雞蛋）

選項4　田中家を訪ねる。（拜訪田中家）

(解題)**20** (答案)**(3)**

這題問的是用片假名書寫的外來語。

選項1「スクリーン〔英語 screen〕/銀幕」是指「映画やスクリーンを映す幕。また、映画のこと/播映電影的螢幕、也指電影」。選項2「クリック〔click〕/點擊」是指「コンピューターで、マウスのボタンを押す操作。/用電腦時，按滑鼠鍵的操作動作」。選項3「エネルギー〔(德) energie〕/能量」是指「ある仕事をすることができる力や量/能做到某工作的力量」。選項4「ダンサー〔dancer〕/舞者」是指「踊る人/跳舞的人」。

題目的意思是「太陽の力/太陽的能源」，因此選項3「エネルギー/能源」是正確答案。例句：

選項1　50年前のスクリーンを見る。（觀賞五十年前的電影）

選項2　マウスを右クリックする。（點擊滑鼠右鍵）

選項3　太陽エネルギーを利用して電力を作る。（利用太陽能發電）

選項4　彼は有名なダンサーだ。（他是一位很有名的舞者）

(解題)**21** (答案)**(2)**

表示為什麼自己會「水泳に通うようになった/開始去游泳」的詞語是選項2「影響/影響」。「影響/影響」的意思是「ほかのものに変化を与えること/帶給其他東西變化」。

若填入選項1「試合/比賽」則不符合文意。選項3「興味/興趣」和4「長所/優點」，朋友的「興味/興趣」或「長所/優點」無法成為開始去游泳的理由，所以不正確。例句：

選項2　大雪の影響で電車が止まった。（受到大雪的影響，導致電車停駛了）

　　　　姉の影響で読書が好きになった。（在姐姐的影響下，我愛上了閱讀）

□ **22** 弟は、中学生になって（　　　）背が高くなった。

1　するする　　　　　　　2　わいわい

3　にこにこ　　　　　　　4　ますます

譯〉弟弟升上國中後長得（越來越）高了。
　　　1　順利的　　　　　　2　大聲吵鬧
　　　3　笑嘻嘻　　　　　　4　逐漸

□ **23** 家族みんなの好みに（　　　）夕飯を作った。

1　選んで　　　　　　　　2　迷って

3　受けて　　　　　　　　4　合わせて

譯〉（配合）家人的口味做了晚餐。
　　　1　選擇　　　　　　　2　猶豫
　　　3　接受　　　　　　　4　配合

這題考的是表示樣子和狀態的擬態語。

選項 1「するする／順利的」是指「簡単に進んでいく様子／輕鬆進行的樣子」。選項 2「わいわい／大聲吵鬧」是指「さわがしい様子／嘈雜的樣子」。選項 3「にこにこ／笑咪咪」是指「うれしそうに、微笑みを浮かべる様子／看起來很開心、浮現出笑容的樣子」。選項 4「ますます／更加」是指「程度がさらに増える様子／程度更甚的樣子」。

表示身高長高的樣子的詞語是選項 4「ますます」。例句：

選項 1   サルが木にするすると登る。（猴子一溜煙爬上樹木）

選項 2   お祭りで、みんながわいわいさわいでいる。（大家在祭典上大聲說笑）

選項 3   母はいつもにこにこしている。（媽媽總是笑咪咪的）

選項 4   風がますます強くなった。（風漸漸增強了）

「好み／愛好」是指「好きだと思うこと／覺得喜歡」。注意題目提到「好みに／愛好」。選項 1「選んで／選擇」和選項 3「受けて／接受」都無法接助詞「に」。若填入選項 2「迷って／猶豫」則不符合文意。

符合"家裡每個人喜歡的口味"意思的選項 4「合わせて／配合」是正確答案。

◎問題4　選項中有和＿＿＿意思相近的詞。請從選項1・2・3・4中選出一個最適合的答案。

□ **24** 彼は学級委員に適する人だ。

1　ぴったり合う　　　　2　似合わない

3　選ばれた　　　　　　4　満足する

譯〉他是個很適合擔任班長的人。
1　符合　　　　　　2　不適合
3　被選中　　　　　4　滿足

□ **25** 車の事故をこの町から一掃しよう。

1　少なくしよう　　　　2　ながめよう

3　なくそう　　　　　　4　掃除をしよう

譯〉讓這裡成為零交通事故的城鎮吧。（讓交通事故從這個鎮上消失吧。）
1　變少吧　　　　　　2　眺望吧
3　消除吧　　　　　　4　掃除吧

□ **26** 彼のお姉さんはとても美人です。

1　優しい人　　　　　　2　頭がいい人

3　変な人　　　　　　　4　きれいな人

譯〉他的姐姐是位大美女。
1　溫柔的人　　　　　2　頭腦好的人
3　奇怪的人　　　　　4　漂亮的人

□ **27** 偶然、駅で小学校の友だちに会った。

1　久しぶりに　　　　　2　うれしいことに

3　たまたま　　　　　　4　しばしば

譯〉偶然在車站遇見了小學時代的朋友。
1　好久不見　　　　　2　開心的事情
3　碰巧　　　　　　　4　多次

262

「適する／適合」是指「あるものごとをする条件にぴったり合う。よく合う／符合某件事物的條件，非常符合」。因此，選項1「ぴったり合う／符合」是正確答案。

選項4「満足する／滿足」是指「不平や不満がなにもない／毫無怨言」。
例句：
選項1　ジョギングに適する靴を買う。（購買適合慢跑的鞋子）
　　　　ジョギングに合う靴を買う。（購買適宜慢跑的鞋子）

解題**25**　　　　　　　　　　　　　　　　　　　　答案**(3)**

「一掃する／清除」是指「残らず取り除く。すっかりなくす／徹底去除、完全消滅」。因此選項3「なくそう／消除吧」是正確答案。

選項2「ながめる」是指「じっと見つめる／凝視」。例句：
選項3　悪者をこの町から一掃しよう。（把壞人從這座城鎮統統趕出去吧！）
　　　　悪者をこの町からなくそう。（讓壞人全都從這座城鎮上消失吧！）

解題**26**　　　　　　　　　　　　　　　　　　　　答案**(4)**

「美人／美人」是指「顔や姿が美しい女の人／臉蛋好看或身姿曼妙的女性」。因此選項4「きれいな人／漂亮的人」是正確答案。

選項1「優しい人／溫柔的人」是指「思いやりのある人／會體貼別人的人」。例句：
選項4　友だちのお母さんは美人です。（朋友的媽媽是個美人）
　　　　友だちのお母さんはきれいな人です。（朋友的媽媽是個很漂亮的人）

解題**27**　　　　　　　　　　　　　　　　　　　　答案**(3)**

「偶然／偶然」是指「思いがけず。ふと。たまたま／沒有想到、突然、偶然」。因此選項3「たまたま／碰巧」是正確答案。

選項1「久しぶりに／好久不見」的意思是「あるものごとがあってから、長い時間が過ぎている様子／自從某件事之後，過了很長一段時間的樣子」。

選項4「しばしば／多次」是「何度も。たびたび／好幾次、再三」。例句：
選項3　図書館で偶然、隣のおばさんに会った。（在圖書館偶然遇見了住在隔壁的阿姨）
　　　　図書館でたまたま、隣のおばさんに会った。（在圖書館碰巧遇見了住在隔壁的阿姨）

□ **28** 彼^{かれ}の店^{みせ}では、その商品^{しょうひん}を<u>あつかっている</u>。

1 参加^{さんか}している　　　　2 売^うっている

3 楽^{たの}しんでいる　　　　4 作^{つく}っている

譯〉他的商店裡陳列了那個商品。

1 參加　　　　2 販賣

3 享受　　　　4 製作

「あつかう／處理」是指「仕事などを受け持つ／負責工作之類的事項」。

「その商品をあつかう／陳列了那個商品」的意思是有販賣該商品。因此，

選項２「売っている／販賣」是正確答案。

選項１「参加する／參加」是指「仲間に加わる／入夥」。例句：

選項２　あの店は本だけでなく、文房具もあつかっている。（那間店不只賣書，也販賣文具）

　　　　あの店は本だけでなく、文房具も売っている。（那間店不只賣書，也販賣文具）

◎問題5　關於以下詞語的用法，請從選項1・2・3・4中選出一個最適合的答案。

□ **29　えがく**

1　きれいな字を<u>えがく</u>人だと先生にほめられた。
2　デザインされた服を、針と糸で<u>えがいて</u>作り上げた。
3　レシピ通りに玉子と牛乳を<u>えがいて</u>料理が完成した。
4　鳥たちは、水面に美しい円を<u>えがく</u>ように泳いでいる。

譯〉畫

　　1　老師誇獎了我畫的字很漂亮。
　　2　把設計完成的服飾用針線畫出來了。
　　3　按照食譜畫上雞蛋和牛奶就完成這道料理了。
　　4　群鳥在水面畫出美麗的圓弧悠游其間。

□ **30　感心**

1　くつの修理を頼んだが、なかなかできないので<u>感心</u>した。
2　現代を代表する女優のすばらしい演技に<u>感心</u>した。
3　自分の欠点がわからず、とても<u>感心</u>した。
4　夕べはよく眠れなくて遅くまで<u>感心</u>した。

譯〉敬佩

　　1　我拜託師傅幫我修鞋，但怎麼也修不好，所以我很敬佩。
　　2　對當代傑出的女演員完美的演技感到敬佩不已。
　　3　我不知道自己還有哪裡不足，非常敬佩。
　　4　昨天晚上沒有睡好，直到深夜都很敬佩。

□ **31　人種**

1　わたしの家の<u>人種</u>は全部で6人です。
2　世界にはいろいろな<u>人種</u>がいる。
3　料理によって<u>人種</u>が異なる。
4　昨日見かけた外国人は、<u>人種</u>だった。

譯〉人種

　　1　我家的人種全部共有六人。
　　2　世界上有各種各樣的人種。
　　3　根據料理不同，人種也會不同。
　　4　昨天見到的外國人是人種。

(解題)**29**　　　　　　　　　　　　　　　　　　　　　答案 **(4)**

「えがく／畫」是指「絵や図をかく／畫圖」。若用在文字上則用「書く／寫」。選項 4 的意思是「鳥たちが、水面に円をかくように泳いでいる／群鳥在水面畫出圓弧悠游其間」。其他選項應為：

選項 1　きれいな字を書く人だと先生にほめられた。（老師誇獎了我寫的字很漂亮。）

選項 2　デザインされた服を、針と糸でぬって作り上げた。（把設計完成的服飾用針線縫出來了）

選項 3　レシピ通りに玉子と牛乳を加えて料理が完成した。（按照食譜加上雞蛋和牛奶就完成這道料理了）

(解題)**30**　　　　　　　　　　　　　　　　　　　　　答案 **(2)**

「感心／敬佩」是指「心に強く感じること。すばらしい、ほめてあげたいなどと感じること／心裡有強烈的感受；覺得驚嘆、想要稱讚對方等的感覺」。選項 2 是指「現代を代表する女優のすばらしい演技に心を動かされた／當代傑出女演員的精彩表演打動了我的心」。其他選項應為：

選項 1　くつの修理を頼んだが、なかなかできないのでいらいらした。（我拜託師傅幫我修鞋，但怎麼也修不好，急死我了。）

選項 3　自分の欠点がわからず、とても不安である。（我不知道自己還有哪裡不足，非常不安）

選項 4　夕べはよく眠れなくて遅くまで起きていた。（昨天晚上沒有睡好，直到深夜都還醒著）

(解題)**31**　　　　　　　　　　　　　　　　　　　　　答案 **(2)**

「人種／人種」是指「肌の色、髪の毛の色、体格など、体の特徴で分けた人間の種類／以皮膚顏色、頭髮顏色、體格等身體特徵區分人類的種類」。正確的表達出這個意思的句子是選項 2。其他選項應為：

選項 1　わたしの家の家族は全部で 6 人です。（我的家庭共有六位成員）

選項 3 和選項 4 的整句話都不合邏輯。

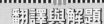

□ **32　燃える**

1　古いビルの中の店が燃えている。
2　春の初めにあさがおの種を燃えた。
3　食べ物の好みは、人によって燃えている。
4　湖の中で、何かがもぞもぞ燃えているのが見える。

譯〉燃燒
　　1　舊大樓裡的商店正在燃燒（發生了火災）。
　　2　初春時燃燒了牽牛花的種子。
　　3　對食物的喜好因人而燃燒。
　　4　可以看到有某種東西正在湖裡蠕動燃燒。

□ **33　不満**

1　機械の調子が不満で、ついに動かなくなった。
2　自慢ばかりしている不満な彼に嫌気がさした。
3　その決定に不満な人が集会を開いた。
4　カーテンがひく不満で見かけが悪い。

譯〉不滿
　　1　機器的狀況不滿，最後終於無法運轉了。
　　2　不滿的他只顧炫耀，我感到很厭煩。
　　3　對那個決定感到不滿的人們召開了會議。
　　4　因為窗簾拉得很不滿，所以看起來不美觀。

「燃える／燃燒」是指「火がついて、ほのおが上がる／點火後火焰升起」。
選項1的意思是「古いビルの中の店が火事だ／舊大樓裡的商店發生了火
災」。其他選項應為：

選項2　春の初めにあさがおの種を植えた。（初春時播下了牽牛花的種子）

選項3　食べ物の好みは、人によって違っている。（對食物的喜好因人而異）

選項4　湖の中で、何かがもぞもぞ動いているのが見える。（可以看到有
某種東西正在湖裡蠢動）

＊「もぞもぞ／蠢動」用於表示「小さい虫などが動いている様子／小蟲等
生物蠕動的樣子」。

「不満／不滿」是指「十分でなく、満足できない様子／不足夠、不滿足的
様子」。選項3的意思是「決定に満足できない人が集会を開いた／對那個
決定感到不服的人們召開了會議」。其他選項應為：

選項1　機械の調子が悪くて、ついに動かなくなった。（機器的狀況不佳，
最後終於無法運轉了。）

選項2　自慢ばかりしている彼に嫌気がさした。（他只顧炫耀，讓我感到
很厭煩）

選項4整句話都不合邏輯。

【致勝虎卷 02】

新制日檢！絕對合格
N3,N4,N5
單字全真模考三回 + 詳解 [25K]

- 發行人／**林德勝**

- 著者／**吉松由美、田中陽子、西村惠子、山田社日檢題庫小組**

- 日文編輯／**王芊雅**

- 出版發行／**山田社文化事業有限公司**
  地址　臺北市大安區安和路一段112巷17號7樓
  電話　02-2755-7622
  傳真　02-2700-1887

- 郵政劃撥／**19867160號　大原文化事業有限公司**

- 總經銷／**聯合發行股份有限公司**
  地址　新北市新店區寶橋路235巷6弄6號2樓
  電話　02-2917-8022
  傳真　02-2915-6275

- 印刷／**上鎰數位科技印刷有限公司**

- 法律顧問／**林長振法律事務所　林長振律師**

- 書／**定價　新台幣 340 元**

- 初版／**2018年 7 月**

© ISBN : 978-986-246-499-1
2018, Shan Tian She Culture Co. , Ltd.